CABEZA, CORAZÓN
Y MANOS

Álvaro González Alorda

CABEZA, CORAZÓN Y MANOS

Cómo acompañar en un viaje de transformación

*A todas las personas a las que
he tenido la fortuna de acompañar
en algún tramo de su viaje.*

© Fotografía: Lupe de la Vallina.

Álvaro González Alorda

De pequeño quiso ser reportero de guerra para viajar por el mundo y contar historias. Pero la vida lo llevó a encontrar en la consultoría una forma insospechada de cumplir su sueño: ha colaborado en la transformación de más de cien empresas en treinta países. Así descubrió que la verdadera transformación acontece en el corazón de cada persona, el lugar en el que suceden las grandes batallas, el lugar donde encontrar las historias.

Es socio director de emêrgap y profesor en Headspring (by Financial Times & IE). Ha publicado tres libros de *management*: *Los próximos 30 años* (Alienta, 2010), *The Talking Manager* (Alienta, 2011) y *Cabeza, corazón y manos* (Penguin Random House, 2022). La historia de este libro continúa en *RIVERVIEW* (Amazon, 2022), su primera novela.

ÍNDICE

INTRODUCCIÓN

El verano de 2007 me lo tomé sabático. Llevaba dos años dedicándome a la consultoría —entonces, de la mano de mi mentor, Luis Huete, profesor de IESE Business School— y veía tal desproporción entre mi conocimiento y los retos a los que me enfrentaba en mi trabajo, que decidí invertir dos meses en solo estudiar sobre transformación de organizaciones. Fui a Boston, me registré en la Baker Library, de Harvard Business School, seleccioné una docena de libros y me pasé el verano leyendo. Por las mañanas, en la biblioteca y, por las tardes, recostado en una plataforma de madera sobre el río Charles. Antes de cenar, remaba una hora para reposar lo aprendido. De aquella experiencia no obtuve ningún título ni ninguna acreditación, ni siquiera un diploma de cartulina, ya que no estaba cursando un programa oficial. Pero no me hacía falta. Yo sé que estuve allí, haciendo una estancia de investigación a mi manera.

Esa inercia lectora —que, en realidad, se gestó en la Universidad de Navarra, gracias a varios profesores colosales que me invitaron a viajar a través de la literatura—, unida al trabajo de consultoría de transformación —primero, con empresas pequeñas, luego medianas y, actualmente, más bien grandes—, se han convertido en un bucle de aprendizaje que te hace sentir permanentemente como un universitario de veinte años, con el cerebro como una esponja, el bolsillo corto de dinero y el corazón largo de sueños.

Dos años después de aquel verano escribí *Los próximos 30 años*. Al releerlo ahora, me hace sonreír el brío juvenil con que me salió, como un potro que salta el cercado para galopar por la pradera. Fue un libro muy personal, en el que conté mi experiencia sobre cómo se acelera el aprendizaje de la mano de un mentor, y —a través de un puñado de historias— propuse algunas claves para diseñarse una vida profesional que despliegue el propio talento. Al año siguiente, escribí *The Talking Manager*, un libro sobre la importancia de la conversación, especialmente ahora que corremos el peligro de eludir el cara a cara enviando mensajes desde la distancia, como francotiradores escondidos tras una pantalla.

Y entonces, de repente, sentí que se secó la tinta de escribir. En parte, por el creciente trabajo de consultoría que hemos tenido en **emêrgap**, la consultora «boutique» que fundé con Raúl Lagomarsino, y a la que se fueron sumando Ernesto Barrera, Joaquín Trigueros, Juan Carlos Valverde, Rolando Roncancio, John Almandoz, Gonzalo Valseca, Cristina Abecia y Catalina Arboleda. Y, en parte también, porque quería ganar más experiencia antes de escribir sobre lo que hemos aprendido en estos años acompañando a empresas en procesos de transformación, una disciplina relativamente nueva —no tiene ni dos décadas de vida— en la que todos estamos aprendiendo sobre la marcha.

¿Qué hemos aprendido nosotros? En primer lugar, que hoy hay tres tipos de empresa: Las que solo tienen un discurso de transformación. Las que tienen un modelo de cambio muy técnico, enfocado a la transformación tecnológica y del negocio, orquestada por una oficina de proyectos. Y las que tienen un modelo de transformación completo, orientado, por una parte, a innovar en su actual modelo de negocio, capturando nuevas oportunidades de crecimiento y, por otra, a transformar la propia organización desarrollando nuevas capacidades en el equipo y nuevas competencias en las personas, empezando por la alta dirección. De esta última categoría hemos encontrado pocas.

En segundo lugar, que la transformación requiere una metodología simple, algo con lo que frecuentemente tropiezan las grandes empresas debido a su tendencia a optar por soluciones complejas.

Y, en tercer lugar, que la auténtica transformación empresarial empieza por la transformación de sus líderes. Pero no me refiero a cambios cosméticos, sino al desarrollo de competencias, a la creación de buenos hábitos y a la construcción del carácter que se requiere para asumir responsabilidades de liderazgo. Sobre esto, más que dos décadas de experiencia, hay casi tres milenios y maestros gigantes como Aristóteles o Cicerón, clásicos que raramente circulan por los comités ejecutivos. Precisamente, la tragedia en muchas organizaciones alcanza dimensiones griegas cuando sus líderes, no es que no hayan leído a los clásicos, sino que ni abren un libro, un hábito intelectual amenazado desde la popularización de Netflix.

Durante estos años, hemos tenido la inmensa fortuna de colaborar en la transformación de más de cien empresas en treinta países de Europa y de América. Y hemos constatado que, aunque la transformación de organizaciones es un reto formidable, no hay nada más desafiante que la transformación personal. Por eso, diseñamos el **PAD**, un **Programa de Auto-Desarrollo** orientado a acelerar el crecimiento —personal y profesional— de los líderes de las organizaciones a las que servimos.

Este libro recoge, a través de la vida de Sara y de Oliver, un viaje de transformación personal construido a partir de muchas historias a las que hemos tenido el privilegio de asistir durante estos años. No sé si lo has encontrado en una estantería de *management* o en una de ficción. No importa. Ahora que lo tienes entre las manos, te invito a que primero lo leas desde el corazón. Ya tendrás tiempo de releerlo con la cabeza.

PRIMERA PARTE
CABEZA, CORAZÓN Y MANOS

16 de febrero | Boston | 09:12
E-mail de aplicación a un programa de mentoring

buenos días... soy Sara... quiero dejar esto claro... yo no soy así. No me siento cómoda hablando con desconocidos ni es mi estilo contarle mi vida a un mentor online... prefiero la interacción personal, el cara a cara. Como tampoco me gusta la gente que se esconde en las redes sociales detrás de una foto irreal o de un dibujito. Necesito ver el rostro de las personas para poder leerlas... de eso va mi trabajo, de eso ha ido mi carrera, de leer rostros... pero quizá es demasiado temprano para abrir esta caja... Siguiendo los requisitos de aplicación, aquí va la descripción de mi trayectoria y el motivo de mi interés por este programa de mentoring online: soy gerente comercial y si nada se tuerce dentro de un año seré vicepresidenta en mi empresa... no me lo han confirmado oficialmente... pero Talento Humano me ha puesto en la pista de despegue dando la autorización para que haga este programa. Mi empresa es sofisticada... no te dice como tienes que formarte, te da los recursos y tu decides donde. En la última década he pasado por varias escuelas de negocio tras estudiar Negocios Internacionales en el Tec de Monterrey... primero fui a Madrid a hacer un MBA en el IE, luego tomé programas de perfeccionamiento en Harvard y Kellogg y también he hecho numerosos cursos sobre diversas skills. Ahora lidero un proyecto internacional que me lleva a viajar por el mundo unas tres semanas al mes... por lo que, para avanzar en el itinerario de desarrollo de mi empresa, necesito hacer un programa flexible que se adapte a una agenda frenética... Eso es lo que ustedes ofrecen, no? Al menos, eso es lo que me ha parecido entender en su website... Estuve leyendo sus perfiles y me gustó el de Oliver (una sugerencia, pongan fotos, me gustaría ver la cara de mi mentor, o al menos los apellidos, para buscarlo en Linkedin). Dicen que es exigente y tiene muy buenas evaluaciones, aunque también alguna negativa... supongo que nadie gusta a todo el mundo... creo que a mi me pasa lo mismo... no me gusta todo el mundo ni caigo bien a todos.... Me han dado ese feedback... dicen que soy muy directa y que a veces hiero a los demás con mis comentarios... puede que sea cierto, no me resulta fácil contenerme ante la ineficiencia o la falta de accountability... Que mas? Estoy casada con Bryan y no tenemos hijos. Me gusta bailar... Fui campeona de tenis en mi colegio... Amo los perros... Bueno, ya he dicho demasiado... espero que esto sea suficiente para la descripción que me han pedido. Ah! olvidaba algo importante..... soy de Medellín. Adjunto mi CV. Quedo a la espera de instrucciones. Sara

19 de febrero | Punta del Este | 09:55
Respuesta a la solicitud de admisión en el programa de mentoring

Buenos días, Sara.
Bienvenida a nuestro programa. Formalmente, te comunico que puedes considerar aprobada tu solicitud, debido a tu perfil y a tu trayectoria, pero no tu ortografía, que presenta faltas e informalidades impropias de una persona con tu experiencia académica y profesional.

Como habrás visto en nuestra página web, el programa dura nueves meses y nuestro esquema de trabajo está basado en dos dinámicas de comunicación:

- Una sesión mensual de *mentoring* por videoconferencia.
- Interacciones semanales a través de nuestra plataforma *online*, en la que te asignaremos tareas y en la que debes ir publicando tus aprendizajes y tus logros de autodesarrollo.

Nuestro modelo de *mentoring* está basado en tres principios:

1. Tú eres la protagonista de tu desarrollo. Esta responsabilidad no es delegable al equipo de Talento Humano de tu empresa ni a un mentor. Mi rol es acompañarte a lo largo del programa para ayudarte a identificar tus retos de desarrollo, a seleccionar las competencias que deseas trabajar, a aterrizarlas en proyectos concretos y a ejecutarlos con disciplina.
2. La transformación personal no se logra haciendo un par de cursos al año —eso, sin más, es turismo académico— ni escuchando charlas de motivación. El propósito de nuestro programa es acompañar a líderes y a futuros líderes a desarrollar competencias (comportamientos habituales, observables y medibles), a incorporar nuevos hábitos y a construir el carácter que se requiere para asumir responsabilidades de liderazgo.
3. La calidad de tu liderazgo depende de la calidad de tu *mentoring*. La diferencia entre un mero gestor y un líder es que el primero enfoca todas sus energías en la operación del día a día, mientras que el segundo integra en su agenda otras dos responsabilidades: la estrategia y el desarrollo de personas. Un buen termómetro de tu grado de aprovechamiento de este programa será, precisamente, tu habilidad para instalar la capacidad de autodesarrollo en tu propio equipo a través del *mentoring*.

Aprovecho para presentarme: soy Oliver. Atendiendo a tu solicitud expresa, me han asignado como tu mentor. Nací en Windsor (Inglaterra), me gradué en la Universidad de Oxford, trabajé en el mundo corporativo por algo más de tres décadas y ahora vivo buena parte del año en Punta del Este (Uruguay) con mi mujer, Valentina. Mis dos hijas, Claire y Alison, viven en Londres y en Madrid. Pronto seré abuelo. También me gustan los perros. Tengo tres.

A partir de ahora nos comunicaremos a través de un canal privado en nuestra plataforma de *mentoring*, que admite mensajes de texto y de audio, videoconferencias, y también adjuntar archivos. Sólo tú y yo tendremos acceso a este canal. Toda nuestra comunicación será confidencial.

Mi rostro lo verás en nuestra primera videoconferencia (ya está agendada para el 28 de febrero), para la cual es necesario que hagas previamente la prueba de personalidad DISC y que publiques en la plataforma tu respuesta a esta pregunta: ¿Cómo es la personalidad de Sara? Trata de observarte como si fueras una tercera persona y responde desde esa perspectiva.

Atentamente,
Oliver

22 de febrero | Boston | 01:30
Mensaje de texto

Estimado Oliver... Le cuento que casi dejo el programa... sin haberlo comenzado siquiera. Su mensaje me pareció muy duro... pero se lo reenvié a mi amiga Andrea y... no lo puedo creer... ¡se puso de su lado! ¿Tan importante es la ortografía en un mundo que ha evolucionado hacia los emoticonos y los mensajes de audio? En cualquier caso, para ahorrarme disgustos, Andrea me ha recomendado una aplicación que corrige los fallos ortográficos y gramaticales. En este párrafo me ha corregido media docena... Espero que esto mejore nuestra relación... aún inexistente.

Respecto a la prueba de personalidad DISC, la realicé hace años, pero ahora no encuentro el resultado ni recuerdo cómo salí. La he vuelto a hacer y me ha dejado pensando... Al parecer, tengo una personalidad claramente marcada hacia la Dominancia y la Influencia. En general, me parece un diagnóstico acertado, aunque no estoy de acuerdo con todos los rasgos que me atribuye. Según el perfil Dominancia, soy decidida, competitiva y exigente, pero también distante, individualista y mandona. Y según el perfil Influencia, soy sociable, locuaz y apasionada, pero también indiscreta, inconstante y desordenada. Bryan opina que ahí estoy pintada... pero yo pienso que las personas tenemos un nivel de complejidad que no puede capturar un simple test. Me resulta tan artificial como clasificar a los animales por su número de patas...

Vayamos con su pregunta: ¿Cómo es la personalidad de Sara?

Sara no es la típica persona clasificable en dos categorías... tiene más bien una personalidad líquida, que se adapta al contexto y a las personas. De pequeña, su madre le decía: «Hija mía, con usted nunca se sabe por dónde va a salir»... De hecho, a veces salía de casa por la ventana, trepando un árbol, pero no para escaparse, sino por amor a la aventura. Sí, también es aventurera... durante años, pasó parte de sus vacaciones en la Amazonia colombiana, colaborando en la construcción de una escuela en una comunidad indígena, algo que aterraba a sus amigas paisas (así se llama coloquialmente a las personas de Medellín), que preferían ir de crucero por el Caribe o hacer *shopping* en Miami, actividades a las que Sara no se opone, ya que también las practicó con generosidad: tiene una colección de más de sesenta pares de zapatos, algo que le genera ocasionales desencuentros con su marido, Bryan, que viene a ser su antítesis, o su perfecto complemento, según quiera mirarse, ya que es afable, sereno, juicioso y ordenado. A esta última cualidad, Sara le debe haber reducido significativamente la cifra de aviones que ha perdido por dejarse el pasaporte en casa... Él siempre la despide con una rutina que se ha hecho familiar: «Buen viaje, mi amor, ¿llaves, cartera y pasaporte?». Pero no se lleve una impresión equivocada; una cosa es que Sara vaya acelerada por la vida y otra es que no ponga atención... su equipo la teme porque se acuerda de todo, especialmente de los números, y puede caerles como un rayo si no le dan la cifra exacta... Ahí es cuando se le marca una vena en la frente y se desata la tormenta... aunque suelen ser como las de verano, tan ruidosas como rápidas. ¿Qué más? Sara disfruta trabajando, es deportista y tiene facilidad para hacer amigos. Algunos le dicen que es muy intensa.

Espero que esto sea suficiente.
Sara

28 de febrero | Boston – 16:07 | Punta del Este – 17:07
Videoconferencia

—Hola, Oliver, qué pena con usted, disculpe el retraso, se me alargó la reunión con mi equipo.

—Hola, Sara, encantado de saludarte. Puedes tutearme, pronto seré abuelo, pero no estoy tan viejo.

—Sí señor.

—Ya he leído lo que publicaste anoche en la plataforma. Has hecho un buen trabajo con la descripción de tu carácter, teniendo en cuenta que no es tu estilo contarle la vida a un mentor. Arroja muchos matices que me sirven para empezar a conocerte. Gracias por tu franqueza.

—De nada. *Sorry* que la envié un poco tarde, pero esta semana regresé de un viaje largo y ayer se me enredó la agenda y acabé de trabajar a las mil...

—Está bien. Me gustaría empezar subrayando algo importante: mi único propósito en este proceso de *mentoring* es ayudarte a crecer como líder en todas las dimensiones de tu vida. Para ello, vamos a seguir una metodología, cuyo impacto depende directamente de tu disciplina a la hora de implementarla.

—Ya sé, me quedó claro con tu primer mensaje que yo soy la responsable de mi desarrollo.

—Así es. Veo que vas vestida muy elegante.

—Gracias, ¿y eso qué tiene que ver?

—Tu primer mensaje no lo fue tanto. Estaba plagado de errores ortográficos, gramaticales y de estilo. Sería algo equivalente a presentarse en la oficina con ropa vieja y sucia.

—Ok. Me gusta ser clara y que lo sean conmigo. Pero no sé si estoy preparada en este momento para un *feedback* tan crudo...

—¿Y estás preparada para ser nombrada vicepresidenta en un año?

—Supongo que sí. Me consideran *high-potential* e, incluso, el presidente me ha hablado de esa posibilidad.

—Posiblemente, lo acabes siendo, incluso sin hacer este programa, aunque existe el riesgo de que lo logres como tantas otras personas, que llegan a comités ejecutivos acompañadas de buenos resultados de gestión, pero con un liderazgo mediocre.

—¿Qué quieres decir?

—Volveremos sobre esto. Por ahora, sólo quisiera señalar que es posible que tengas instalados paradigmas mediocres sobre lo que significa ser líder y, a lo largo del programa, trataré de desafiarte a identificar oportunidades de mejora y te sugeriré dinámicas para moverte hacia la excelencia.

—Suena interesante, aunque muy abstracto.

—Vayamos ahora a tu personalidad. Quisiera conocerte mejor. Es el primer paso del itinerario de *mentoring* que vamos a seguir.

—¿Y cuáles son los siguientes?

—Conocer la personalidad ayuda a identificar los posibles retos de desarrollo. Luego te pasaré una prueba de autodiagnóstico de competencias para que selecciones cuáles quieres trabajar a lo largo del programa. Y más adelante vendrá el aterrizaje de esas competencias en proyectos de transformación personal, a los que daremos seguimiento en nuestras interacciones a través de la plataforma.

—Entendido.

—¿Hay actualmente alguna situación profesional que te esté creando tensión?

—No es una situación, es una persona. Se llama Helen.

—¿Qué pasa con Helen?

—*Puf*, es la persona más cuadriculada del mundo. No soporta la discrepancia ni la divergencia. Trabajamos en un proyecto desde hace un año y se me está haciendo muy difícil gestionar la relación con ella. Tengo la sensación de que ha sido entrenada para llevarme la contraria. No hay reunión en la que no exprese varias veces su desacuerdo con lo que yo digo. Pero lo que más me molesta son esos *e-mails* con copia al jefe en los que no desaprovecha la oportunidad de enumerar, con una minuciosidad exasperante, todos los riesgos que ve en la implementación del proyecto y hasta el menor error que encuentra en mis informes. Suelen ser detalles pequeños. No entiendo por qué les da tanta importancia. Tenemos el mandato de implantar un nuevo modelo de venta consultiva a escala global y se está haciendo muy difícil avanzar con Helen lastrando al equipo. Yo he intentado hablar con ella, pero no se puede, no escucha, siempre quiere tener la última palabra. Así que he optado por manejar con ella todo por *e-mail*. Porque está claro que Helen no va a cambiar.

—Cualquiera diría que es tu enemiga del alma.

—Tal cual.

—¿Helen también está en vuestras oficinas corporativas de Boston?

—Sí. La que no está soy yo, que me la paso viajando. Y eso es parte del problema, ya que, mientras ella anda cómodamente en su despacho, señalando problemas, a un piso de distancia de la oficina de presidencia, yo estoy trabajando con los equipos locales, de país en país, de hotel en hotel, cambiado constantemente de franja horaria, contestando *e-mails* por la noche, y conectándome a videoconferencias en las que tengo a esa francotiradora apuntándome a la cabeza con un rifle, disparando un dato que yo no tengo y cuestionando mi trabajo. Eso es lo que más nerviosa me pone: no poder estar ahí, en la sala de juntas, para leer los rostros y para saber cómo manejar la situación.

—Lo comprendo. ¿Cuántas personas te reportan directamente?

—Directamente, cuatro. Una está en Boston, otra en Londres, otra en Copenhague y otra en Berlín. Y, matricialmente, otras ocho, distribuidas entre Estados Unidos y Europa.

—¿Cuál es la parte de tu trabajo que más disfrutas?

—Te respondo con algo que me sucedió hace dos semanas. El lunes surgió la oportunidad de presentar una oferta a un posible cliente en Londres. Nos dieron cita nada menos que con el presidente de la compañía para el miércoles a las nueve de la mañana. Yo estaba en Berlín. De inmediato, monté una videoconferencia con tres personas clave de mi equipo, diseñé la estrategia de la reunión y pedí a todos que fueran corriendo al aeropuerto y tomaran el primer vuelo a Londres. Uno vino desde Boston, otra desde Copenhague, yo, desde Berlín, y otro ya estaba en la City. Fuimos llegando a lo largo del martes y nos reunimos en el hotel Hyatt Regency. Cada cual trajo preparada su parte de la presentación y la estuvimos afinando y ensayando hasta las dos de la madrugada. Al día siguiente, la reunión nos salió espectacular y nos pidieron que presentáramos una oferta para adjudicarnos un contrato de unos tres millones de dólares. No lo tenemos ganado, ni mucho menos, pero se nos ha abierto la oportunidad de trabajar con un nuevo gran cliente. Así que, de una manera insospechada, esta reunión nos sirvió para hacer un piloto de nuestro nuevo modelo de venta consultiva. Salimos de la reunión tan exhaustos como emocionados y, para celebrarlo, nos fuimos a almorzar a Scott's, un restaurante que me fascina. La dinámica que se creó, esa sensación de logro en equipo, es el tipo de momento que más disfruto.

—Qué interesante experiencia. ¿Cuáles son las competencias profesionales que tienes más desarrolladas?

—Creo que se me da bien conseguir resultados, gestionar la relación con clientes, liderar equipos, gestionar proyectos y, en general, la comunicación.

—Suenan bien esas competencias para una gerente comercial. ¿Cuántos *e-mails* hay, en este momento, en tu *inbox*? ¿Y cuántos sin leer?

—Déjame ver. En el *inbox* tengo 11.123. Y sin leer, 282. Pero la mayoría son de esos *e-mails* corporativos que te envían por defecto. La verdad es que las organizaciones globales son una fuente inagotable de comunicaciones irrelevantes.

—Imagina ahora que, justo al terminar nuestra videoconferencia, el CEO te pide que mañana hagas una presentación ante el comité ejecutivo. Tres preguntas: ¿cuál sería tu reacción inmediata?, ¿cuándo la prepararías? y ¿cómo te sentirías mañana al hacer la presentación? Responde en pocas palabras.

—Mi reacción inmediata sería un nudo aquí en el estómago. Me pondría a prepararla esta noche, porque hoy tengo la agenda saturada de reuniones. Al principio, me sentiría nerviosa, pero a los pocos minutos no habría manera de callarme.

—Si tuvieses que describir tu principal desafío profesional, ¿cómo lo sintetizarías?

—Implantar a escala internacional un nuevo modelo comercial, basado en la venta consultiva, y lograr que un equipo muy diverso y deslocalizado lo incorpore a su trabajo diario, desarrollando una dinámica colaborativa más fluida con otras áreas de la organización.

—No está mal. Dada la naturaleza de este reto, ¿qué se requiere por tu parte, más conocimiento técnico o más competencias de liderazgo?

—Yo diría que un veinte por ciento de conocimiento técnico y un ochenta por ciento de competencias de liderazgo.

—Más que un reto de gestión, parece un desafío de transformación. Pasemos ahora a otra pregunta: ¿quién es tu mejor amiga y por qué?

—Oliver, te estoy contando mi vida. Espero que esto sirva para algo. La verdad, tenía otra expectativa de este *mentoring*. A mí nadie me pregunta estas cosas.

—¿Tampoco tu jefe?

—Mi vicepresidente me hace muchas preguntas. Demasiadas, diría yo. Pero prácticamente todas sobre cómo avanza mi proyecto y sobre cómo van los resultados.

—En mi caso, sólo pretendo conocerte mejor. ¿Te incomodan mis preguntas?

—Me incomodan a un nivel tolerable. De momento, puede más la curiosidad por saber cómo sigue el proceso.

—Me alegro, pero te garantizo que el proceso pondrá a prueba tu umbral de tolerancia. Tu mejor amiga.

—Sin duda, la mejor es Andrea. Somos amigas desde niñas. En realidad, Andre es como una hermana. Es la persona más juiciosa que puedas imaginar. No ha tenido una vida fácil: perdió a su madre en un accidente cuando tenía doce años y tuvo que echarse al hombro a sus dos hermanos pequeños y, en cierta manera, también a su padre. El pobre nunca levantó cabeza tras la muerte de su esposa. Hasta el accidente, Andre se la pasaba en mi casa, pero, desde aquel día, la cosa se dio la vuelta y entonces fui yo quien empezó a ir a la suya, a ayudarla con las tareas domésticas. Andre y yo siempre fuimos inseparables, pero ahora nos hablamos casi a diario.

—¿Dónde vive?

—Ella sigue en Medellín. Es la rectora de una escuela ubicada en una de las comunas más pobres de la ciudad, aunque, si quisiera, podría ser la presidenta de una multinacional. De hecho, creo que es la persona más inteligente que conozco, pero tiene una vocación por ayudar a los demás que me resulta admirable y, a veces, incomprensible.

—Interesante. Cuéntame un recuerdo entrañable de tu infancia.

—¿Hasta allí quieres llegar?

—Hasta donde tú me lo permitas.

—En mi casa teníamos una tradición: cada año había un viaje de chicos, organizado por mi padre y por mi hermano, y otro de chicas, organizado por mi madre y por mí. Cuando tenía nueve años, mi madre me llevó a una travesía por el río Amazonas. Pero no vayas a pensar que íbamos remando en canoas. Viajábamos en un pequeño crucero, como para unas diez personas, pero con todas las comodidades. Era de un lujo más exuberante que la propia selva. Por las noches, cuando todos se habían retirado a sus camarotes, mi madre y yo nos tumbábamos en la cubierta para ver las estrellas. Una noche me invitó a soñar cómo sería mi vida. Me preguntó: ¿cómo te imaginas que será tu vida cuando tengas mi edad?...

—¿Y?

—... ¡Dios!

—Sara, ¿estás bien?

—Mejor no sigamos por ahí.

—De acuerdo. Dime tres valores importantes para ti.

—La autenticidad, el trabajo y... ¿pueden ser dos por ahora?

—No hay prisa. A esta altura del proceso, tu autenticidad ya me ha quedado clara. ¿Podrías profundizar en por qué el trabajo te parece un valor importante?

—Eso es algo que le debo principalmente a mi abuela, aunque me apena no poder decir lo mismo de mi madre... Mi abuela vivió desde que nació hasta que murió en una finca preciosa situada en Llanogrande, a una hora de Medellín. Pudo haber vivido tranquila, acomodada, pero se la pasó trabajando para los demás. Incluso, ayudaba a los campesinos de la zona. Aparte de darles trabajo y de pagarles como corresponde, les construyó una granja de flores, enseñaba a leer a sus hijos..., hasta les invitaba a celebrar la Navidad en la finca. Era una mujer muy alegre y muy querida. Le interesaba todo: los caballos, la cocina, la música... A cualquier cosa le sacaba punta. Nunca se la veía descansar. Creo que ese espíritu activo se lo he heredado.

—¿Cómo conociste a Bryan?

—Cuando vivía en Madrid, mientras hacía mi MBA en el IE, me invitaron a una fiesta en casa de unos amigos que vivían en un ático en la calle María de Molina. Tenía una pequeña terraza con vista a los jardines de la residencia del embajador de Francia. No sé qué bebimos ni cuánto, pero se me ocurrió la idea de lanzar a la calle un papel con un corazón y el texto «I love you». Por casualidad, Bryan pasaba por allí, lo vio caer, oyó la música y las risas, subió al ático, llamó a la puerta y, al abrirle, me mostró el papelito y me guiñó un ojo.

—No me lo puedo creer.

—Cada vez que lo cuento, a mí me pasa lo mismo.

—A eso se le llama puntería. Dijiste que sus cualidades lo hacen tu perfecto complemento.

—Desde luego. Él es el típico californiano tranquilo y yo voy a toda velocidad.

—¿Trabajando sin parar?

—*Sip*. Bryan me dice que necesito descansar y desconectar.

—¿Cómo descansas? ¿Qué haces para desconectar?

—Mi terapia de desconexión se llama Netflix, pero es algo *tricky*, porque me quita horas de sueño.

—¿Cuántas duermes?

—Entre seis y siete. Pero más cerca de seis. Lo sé, no es suficiente. Bryan es médico y ya se encarga de recordármelo arrojándome estudios científicos que prueban los efectos terribles que tiene la falta de sueño en la salud.

—¿Y cómo es la calidad de tu sueño?

—Mala. Creo que estoy en un estado permanente de alerta. Vivo contra reloj: tengo una interminable lista de pendientes en mi cabeza.

—¿Practicas algún deporte?

—Siempre viajo con mis zapatos de *running*, pero muchas veces llego a casa sin haberlos usado. Me falta constancia.

—Eso es muy típico en las personalidades de Influencia. ¿Qué estás leyendo?

—Leer, lo que se dice leer, leo noticias e información bursátil. En nuestro negocio se requiere estar muy atenta a los mercados.

—¿Y algún libro?

—Hace poco me regalaron uno que se titula *Homo sapiens*, o algo así, pero apenas he leído diez o doce páginas.

—Sara, es hora de terminar. En nuestras próximas conversaciones iré retomando algunos aspectos que han salido hoy. Pero ahora quisiera centrarme en uno: la importancia de la lectura. Tú no te dedicas a la manufactura: tu desempeño profesional no depende de la fuerza de tus brazos ni de la capacidad de cargar peso en tu espalda. Tú te dedicas a la «mentefactura». Así que, dada la naturaleza de los retos que tienes, la calidad de tu liderazgo depende extraordinariamente de tu vitalidad intelectual, de tu riqueza conceptual, de tu capacidad para procesar información compleja y para diagnosticar, de tus competencias de comunicación, de tu habilidad para captar rápido el talento y la personalidad de la gente..., en otras palabras, de tu capacidad para adentrarte en el *National Geographic* del alma humana. Desde esta perspectiva, el hábito de la lectura se presenta como una herramienta magnífica para desarrollar todas esas competencias. Y leer unos veinte libros al año, como un ritmo razonable para cultivarlas.

—Un momento, Oliver. Yo creo que no he leído veinte libros... ¡en toda mi vida!

—Nunca es tarde para empezar. Ya sé que pueden parecer demasiados, pero la cifra no es disparatada. Algunos líderes con los que trabajamos acaban leyendo uno por semana. Pero imagina por un momento que este año lees veinte libros. Y el que viene, lees otros veinte. Y el siguiente, veinte más. ¿Cómo serás en cinco años?, ¿cómo serás tú dentro de cien libros?, ¿cómo se habrá expandido tu conocimiento?, ¿cómo habrás ganado en ese peso interior que se necesita para liderar?, ¿cuál será tu capacidad de inspirar a los demás? Piénsalo.

—Suena muy bien, lo pensaré. Pero te advierto que ya intenté leer hace años y me aburrí.

—Quizá elegiste mal el libro. De hecho, te traigo una sugerencia: *Los 7 hábitos de la gente altamente efectiva*, de Stephen Covey. Es un clásico que ha ayudado a millones de personas a recalibrar su enfoque profesional y a alinearlo con su propósito de vida.

—Suena prometedor ese libro.

—Me alegro. Creo que te va a gustar. Volveremos a conversar por videoconferencia dentro de un mes, pero quisiera que ahora pactemos cómo vas a avanzar en las próximas cuatro semanas. Nuestra metodología de *mentoring* establece que todas las semanas debes publicar en la plataforma al menos un logro en tu autodesarrollo. Escribe logro siempre con *#hashtag*, para que, más adelante, podamos buscarlos rápido y revisarlos. Así que te propongo el siguiente esquema: en las semanas uno y dos, publicar alguna reflexión de calado sobre la lectura de *Los 7 hábitos;* en la semana tres, hacer el autodiagnóstico de competencias que te enviaré y publicar tus conclusiones. Comentaremos todo esto en la videoconferencia de la semana cuatro. ¿Te parece?

—Me parece.

—Perfecto. Te deseo que te vaya muy bien.

—Un momento, Oliver. ¿Qué edad tienes?

—Cincuenta y seis años.

—Pareces más joven.

—Muy amable por tu parte.

—Gracias por la conversación, me deja algunos temas para reflexionar ¡y muchas tareas!

—No son tantas. Pero sí requieren disciplina. Aprovecho para decirte que hoy te has conectado a la videoconferencia con un retraso de siete minutos. En adelante, espero que seas puntual.

—*Sorry.* Te lo prometo, seré puntual.

—Que tengas buena semana.

—Igualmente. Chao.

9 de marzo | Punta del Este | 08:16
Mensaje de texto

Buenos días, Sara.

Veo que, en la primera semana, no has cumplido con tu compromiso de publicar en la plataforma alguna reflexión sobre el libro *Los 7 hábitos.* Me preocupa tu desempeño en este programa y te invito a reconsiderar si realmente quieres hacerlo. Hacerlo en serio. Si no, estás a tiempo de dejarlo.

Oliver

9 de marzo | Copenhague | 14:33
Mensaje de audio

Hola, Oliver, acabo de leer tu mensaje. Tienes razón y, aunque no tengo excusa, déjame que te explique que la semana pasada fue una locura: imagínate que mi jefe convocó una reunión extraordinaria el jueves y tuve que quedarme en Boston, retrasar mi viaje a Copenhague y finalmente volar de regreso el domingo, cosa que a Bryan no le gustó demasiado, porque tuvo que ir solo a una cena en casa de unos amigos. En fin. Por otra parte, empecé el libro *Los 7 hábitos*, pero apenas he terminado la introducción. Te prometo que esta noche leo un par de horas y te envío mi reflexión. Chao.

10 de marzo | Copenhague | 02:22
Mensaje de texto

Buenas noches, Oliver.

«Hay tanto que hacer. Y nunca hay suficiente tiempo. Me siento presionada y acelerada todo el día, todos los días, siete días a la semana. He cursado programas sobre gestión del tiempo y he intentado media docena de diferentes sistemas de planificación. Me han servido de algo, pero todavía no siento que estoy viviendo la vida feliz, productiva y pacífica que quiero vivir».

He seleccionado esta frase del libro, aunque podría haber seleccionado muchas otras, porque parece que Stephen R. Covey escribió *Los 7 hábitos* pensando en mí... ¡en 1989! No entiendo por qué no he leído este libro hasta ahora, ni por qué ningún profesor me lo recomendó en la universidad, ni por qué ningún jefe me lo ha citado, ni por qué no ha sido una lectura básica en los programas de liderazgo que he realizado... ¿Quién es el responsable de esto?

Tras leer tu mensaje de esta mañana (empiezo a entender por qué hay algunas personas a las que no les gusta tu estilo...), esta tarde he salido temprano de la oficina (aunque en esta época del año Copenhague está tan oscuro que parece que hubiera salido a las once de la noche), me he ido al hotel, he pedido a *room service* que me traiga un *Club Sandwich* a la habitación, me he concentrado en leer y he llegado hasta el hábito número tres. Por el momento, estas son mis reflexiones, respondiendo a dos preguntas que hace Covey en el libro:

—«¿Qué cosa específica podrías hacer (algo que no estés haciendo ahora) que, si la hicieras de modo habitual, produciría un tremendo efecto positivo en tu vida personal?».

—Reconciliarme con mi madre... Pero me parece un reto demasiado complejo como para ser específico. Y ésta es una caja que no quiero abrir... Pongamos algo más realista: dormir al menos siete horas todos los días.

—«¿Qué cosa específica en tu negocio o en tu vida profesional traería resultados similares?».

—Tener mi bandeja de entrada al día, pero sin quedarme todas las noches a responder mensajes atrasados.

Aparte de reflexionar, también he tomado una decisión..., pedirle a mi equipo que lea el libro de Covey.

Espero que esto te sirva, Oliver. No sé por qué te estoy contando cosas tan personales... Quizá porque me pareces alguien discreto, con experiencia y confiable. Al menos, así me lo pareciste en nuestra videoconferencia.

Buenas noches. Hoy, definitivamente, no duermo las siete horas...

Sara

10 de marzo | Punta del Este | 08:45
Mensaje de texto

Buenos días, Sara.

Te felicito por la franqueza con la que estás profundizando en tu diagnóstico. Es un primer paso clave para salir de la mediocridad y moverte hacia la excelencia. Van apareciendo dimensiones, como la relación con tu madre o una presumible falta de sistemática en el uso de las herramientas digitales, que —junto con el diagnóstico de competencias de la semana que viene— podrían servirte para diseñar tus retos de desarrollo. También me llama la atención el esfuerzo que estás poniendo por escribir con corrección. Un esfuerzo, quizá, desequilibradamente compartido con esa aplicación que te recomendaron, pero, en cualquier caso, satisfactorio.

A tu pregunta de quién es el responsable de que no hayas leído un libro tan valioso como *Los 7 hábitos*, o quizá muchos otros, ésta es mi respuesta: cada vez que una universidad gradúa a un universitario que no lee se hace cómplice de un fraude, el de producir meros técnicos sin la hondura humana para comprender —ni contribuir a resolver— la enorme diversidad de retos que plantea el mundo de hoy. Retos que requieren soluciones integrales, con fundamento antropológico, no simplemente poner parches sociales, económicos, políticos o tecnológicos, como el que actualiza una *app* añadiendo varias líneas de código. En la segunda fila del banquillo de los acusados por este fraude habría que sentar a esos profesores que no supieron contagiar a sus alumnos la pasión por la lectura, quizá porque la excesiva dedicación a tareas administrativas agostó su vitalidad intelectual. Y en la primera fila, a esos alumnos que no desarrollaron la disciplina que se requiere para encontrar tiempos y espacios de lectura en la era de la constante distracción digital.

¿Qué tal si empiezas hoy a dormir al menos siete horas? Te sugiero que descargues Habitify, una aplicación que ayuda a desarrollar hábitos. Puedes programarla para que te recuerde la hora de ir a dormir o para agendar un tiempo diario de lectura, entre otras funcionalidades. Cada día te preguntará si has logrado tus compromisos, y también te irá mostrando las estadísticas sobre tu nivel de cumplimiento.

Oliver

15 de marzo | Boston | 18:48
Mensaje de audio

Oliver, la semana voló, ya estoy de vuelta en Boston y hasta ahora no leo tu mensaje. Voy a bajarme Habitify y ya te cuento cómo me va la semana que viene. He avanzado poco con el libro. Esta noche le daré otro empujón. Chao.

16 de marzo | Punta del Este | 09:18
Mensaje de texto

Buenos días, Sara.

Esta semana es clave en el programa. Te paso un enlace[1] desde el que podrás acceder a nuestra prueba de autodiagnóstico de competencias. Te llevará unos cincuenta minutos completarla.

Se trata de doce competencias que denominamos «Competencias de Transformación» y que, en nuestra experiencia,

---

1 <www.emergap.com/diagnostico>.

resultan determinantes para impulsar el cambio con velocidad y con profundidad. Como verás, están agrupadas en cuatro categorías:

- ESTRATEGIA. Para poner en marcha una transformación, el primer paso es asegurar que se enfocan el talento y los recursos de la organización en torno a prioridades claramente definidas (**#1**); el segundo es aterrizarlas en proyectos ambiciosos y concretos (**#2**), y el tercero es ejecutarlos con disciplina y con agilidad (**#3**).
- LIDERAZGO. La transformación siempre requiere un esfuerzo extraordinario por parte del equipo que solo se obtiene a través de un liderazgo inspirador (**#4**), cercano (**#5**) y retador (**#6**). Sin ese liderazgo, solo se puede movilizar a las personas a través de los mecanismos de premio y de castigo que proporciona la estructura jerárquica de la organización, que resultan del todo insuficientes para conquistar el entusiasmo de los colaboradores,
- COMUNICACIÓN. A lo largo de la transformación hay que garantizar la alineación intelectual y emocional del equipo a través de una comunicación frecuente, estratégica y clara, y con suficiente frescura y riqueza como para interpelar no solo a la cabeza de los colaboradores sino también a su corazón, ya sea en formato verbal y no verbal (**#7**), escrito (**#8**), o haciendo presentaciones (**#9**).
- COLABORACIÓN. Para alcanzar los retos de transformación es necesario desplegar una influencia matricial (**#12**) que rompa los silos y garantice una ejecución ágil y disciplinada. Para ello, resulta determinante tener menos, más breves y mejores reuniones (**#11**), y también lograr que la comunicación fluya a través de un uso avanzado de las herramientas digitales (**#10**).

En nuestra primera videoconferencia me comentaste que, actualmente, tu mayor reto profesional es «implantar a escala internacional un nuevo modelo comercial, basado en la venta consultiva». No parece que, para lograrlo, baste con las tradicionales competencias de gestión. Más bien, un desafío así requiere competencias de transformación. Trata de mirar el modelo de competencias desde este ángulo.

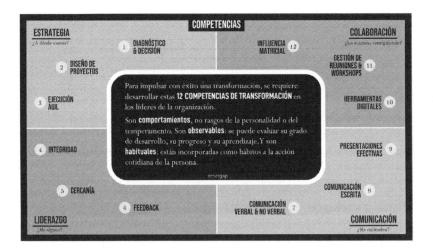

Para tener un marco conceptual común, quisiera precisar que las competencias son comportamientos, no rasgos de la personalidad o del temperamento. Tampoco son conocimientos. Las competencias se orientan a la acción. Son observables: se puede evaluar su grado de desarrollo, su progreso y su aprendizaje, aunque algunas son más fácilmente medibles que otras. Y son habituales: están incorporadas a la acción cotidiana de la persona. El desarrollo de cualquier competencia implica la adquisición de nuevos hábitos.

Por otra parte, el despliegue de nuevas capacidades en una organización se construye a partir de las competencias individuales de cada persona. De manera que, para instalar una nueva capacidad en la organización —como, por ejemplo, la venta consultiva—, es necesario lograr que las personas implicadas desarrollen ciertas competencias.

También te paso la escala que usamos en el diagnóstico, que está diseñada para generar una sana incomodidad.

Excelente (9 — 10)
Muestras un desarrollo de la competencia de clase mundial. La has estudiado y aplicado tanto que podrías escribir libros o dar conferencias sobre ella.

Bien (7 — 8)
Eres un referente unánime en la organización en la competencia y se te solicita con frecuencia para ayudar a otros a desarrollarla.

Regular (5 — 6)
La competencia está activamente en proceso de desarrollo, pero no eres un referente en la organización por tu nivel de desarrollo.

Mal (1 — 4)
No tienes la competencia o muestras carencias notables en su desarrollo.

Una vez que termines la prueba de autodiagnóstico, recibirás un informe detallado sobre tu grado de desarrollo de cada competencia, en el que también encontrarás algunas recomendaciones y una selección de recursos de aprendizaje para empezar a trabajarlas.

Te sugiero que pases el informe a algunas personas que te conozcan bien y que contrastes con ellas tus resultados. Su *feedback* te ayudará a calibrar tu autodiagnóstico.

Quedo atento a que publiques tus reflexiones sobre el diagnóstico antes del 21 de marzo. Nuestra próxima videoconferencia ya está programada para el 25 de marzo.

Oliver

20 de marzo | Boston | 22:03
Mensaje de texto publicado en la plataforma

Buf... Oliver, si el objetivo del autodiagnóstico de competencias era generar incomodidad... misión cumplida.

Te resumo el resultado general que he obtenido en cada competencia y te copio el diagnóstico detallado que trae el informe sobre la competencia Cercanía, que me ha dejado en estado de *shock*.

1. **DIAGNÓSTICO & DECISIÓN** — Regular (5,6)

2. **DISEÑO DE PROYECTOS** — Regular (5,1)

3. **EJECUCIÓN ÁGIL** — Regular (5,3)

4. **INTEGRIDAD** — Bien (7,2)

5. **CERCANÍA** — Mal (4,1)

6. **FEEDBACK** — Mal (4,9)

7. **COMUNICACIÓN VERBAL & NO VERBAL** — Regular (5,8)

8. **COMUNICACIÓN ESCRITA** — Mal (4,2)

9. **PRESENTACIONES EFECTIVAS** — Regular (5,9)

10. **HERRAMIENTAS DIGITALES** — Mal (4,4)

11. **GESTIÓN DE REUNIONES & WORKSHOPS** — Regular (6,1)

12. **INFLUENCIA MATRICIAL** — Bien (7)

CERCANÍA — Mal (4,1)
Definición. *La competencia Cercanía consiste en desarrollar un genuino interés por los demás que permita conocerles,*

apreciarles, ganarse su confianza y contribuir a desplegar su talento. La cercanía va más allá de la habitual calidez propia de algunas culturas como la latina, caracterizada por ser más sociable, abierta y expresiva que —por ejemplo— la cultura anglosajona. Esta competencia requiere del deseo y del esfuerzo por salir de uno mismo y acercarse a otras personas, desarrollando con ellas un vínculo más fuerte que una mera amabilidad corporativa.

Diagnóstico. Tus respuestas revelan que tienes dificultad para desarrollar un genuino interés por los demás que te permita conocerles, apreciarles, ganarte su confianza y contribuir a desplegar su talento. Posiblemente, a ti también te cueste abrirte, mostrándote como eres y expresando lo que sientes, sin miedo a exponer tu propia fragilidad, y eso levanta una barrera invisible para conectar contigo que genera desconfianza en los demás y desinterés en colaborar contigo en proyectos e iniciativas.

La competencia Cercanía tiene cuatro dimensiones críticas:

Interés por conocer a los demás

Definición. *Es la capacidad para salir de uno mismo y de acercarse a otras personas con afán de conocerles en profundidad y de apreciar su personalidad y su diversidad, desarrollando con ellas un vínculo más fuerte que una mera interacción de carácter técnico y estrictamente profesional.*

Diagnóstico. Muestras un grado de desarrollo bajo, lo que indica que, en tu día a día, te cuesta empatizar con las cuestiones personales de los que te rodean y te limitas a lo estrictamente técnico y profesional, sin esforzarte por generar un vínculo personal con todos —no solo con los que naturalmente sintonizas— que ayude a estrechar lazos y a fortalecer la confianza en tu equipo.

Estilo de comunicación empático

Definición. *Es la capacidad para comunicarte con los que te rodean mostrándoles verdadero interés por escucharles y por entender su perspectiva, respetándoles, aunque tengan puntos de vista muy diferentes, adaptando tu estilo de comunicación a su personalidad y generando un clima cálido que fomente una conversación sincera.*

Diagnóstico. Muestras un grado medio de desarrollo, lo que parece indicar que tienes sensibilidad respecto a la importancia de mantener conversaciones en las que tu interlocutor se sienta escuchado con interés genuino. Pero puede que tu estilo de comunicación sea percibido por algunos como frío y distante, o tal vez como excesivamente intenso y centrado en ti mismo, lo cual genera una barrera que te dificulta mantener conversaciones profundas y sinceras. Necesitas trabajar la escucha activa con todos, no solo con los que sientes una natural afinidad.

Capacidad de construir y mantener relaciones

Definición. *Es la capacidad de desarrollar y de cuidar la relación no solo con las personas con las que interactuamos en el día a día, sino también con las que conociste en el pasado o con las que coincides más ocasionalmente, generando una red de relaciones de confianza que te permite colaborar con personas de organizaciones, geografías y culturas diferentes.*

Diagnóstico. Muestras un grado de desarrollo bajo, lo que indica que tienes dificultad para hacer nuevos amigos o para mantener activamente la amistad con las personas que conociste en otros equipos o en otras empresas; que priorizas la interacción digital a la comunicación cara a cara, y que solo tratas de conectar con las personas de tu círculo más cercano. Abrirte a conocer y a conectar con más personas te enriquecerá personalmente y te permitirá poner en otro nivel tu capacidad de colaboración y de contribución en tu organización y en tu contexto personal.

Prioridad de las personas sobre las cosas
Definición. *Es la capacidad de dar suficiente prioridad en la agenda a las personas con las que trabajamos, atendiendo a sus necesidades y escuchándolas con atención, sin dejarnos llevar por la prisa de resolver cuestiones meramente operativas.*
Diagnóstico. Muestras un grado de desarrollo bajo, lo que parece indicar que actúas más como un gestor de cosas que como un líder de personas, ya que das poca prioridad a desarrollar la relación con tus colegas y con tus colaboradores; no dedicas suficiente tiempo diario y semanal a conversar con ellos de manera distendida y no mantienes conversaciones de desarrollo con cada persona de tu equipo con suficiente frecuencia. Necesitas repensar tus prioridades para desarrollarte como líder.

Oliver, aunque no creo que todos estos rasgos me representen completamente, reconozco que me han hecho reflexionar. Por cierto, no me ha dado tiempo a solicitar *feedback* sobre mi informe de diagnóstico a personas que me conocen. De momento, se lo voy a pedir a mi amiga Andre, que tiene buen ojo.

Sara

25 de marzo | Londres – 17:00 | Punta del Este – 11:00
Videoconferencia

—Hola, Oliver, ¿cómo estás?

—Muy bien, gracias. ¿Y tú?

—Recién llegada a Londres y puntual para nuestra videoconferencia. ¡Algo *British* se me está pegando, pues!

—Lo celebro. ¿Cuántos días te quedas?

—Estaré trabajando con el equipo de acá hasta el viernes, que viajo a Copenhague.

—Imagino que ya tendrás la tarjeta Platino. O quizá la Titanio.

—Me temo que, a este ritmo, me acabarán dando una de Kryptonita.

—Ya lo creo. ¿Logras dormir en los vuelos intercontinentales?

—Mientras sirven la cena y veo alguna película, más bien poco. Por cierto, el otro día vi *The Intern,* y los protagonistas me recordaron a nosotros. Tú tienes un cierto aire a Robert De Niro, ¿nunca te lo han dicho?

—Nunca. Es una buena película. Pero yo no estoy jubilado, sólo dejé el mundo corporativo y cambié de actividad profesional. ¿Cómo vas con *Los 7 hábitos*?

—Me está costando avanzar. No por falta de interés, sino porque no encuentro el momento, con tanto que hacer y con tantos frentes abiertos.

—Sara, el autodesarrollo no es una tarea más para cuando queda tiempo libre. Más bien se trata de convertir cada día —tanto el tiempo de trabajo como el familiar— en un gimnasio para la propia transformación. Además, es un prerrequisito para abordar una de las tres responsabilidades fundamentales de un líder, que son…

—Sí, me acuerdo: la estrategia, el desarrollo de personas y la operación.

—Correcto. De momento, te sabes la teoría. ¿Has intentado escuchar audiolibros?

—Nunca.

—Te recomiendo la aplicación Audible, de Amazon. Con la cantidad de vuelos que tomas y las horas que debes de pasar yendo y viniendo de aeropuertos, puedes dar un impulso formidable a tu ritmo de lectura.

—Listo. Me la apunto.

—Quizá también te ayudaría desapuntarte de Netflix.

—Sí, claro. Ya sólo falta que me pidas que vaya a vivir a un convento de clausura.

—¿Tú cuidas tu alimentación?

—Sí. Salvo algunos atracones de chocolate cuando estoy *down*, sigo una dieta bastante equilibrada.

—¿Y cómo calificarías tu dieta intelectual?

—…

—Bueno, el primer objetivo de la videoconferencia de hoy es identificar cuáles son tus retos de desarrollo, teniendo en cuenta tu personalidad, tu trayectoria, tu actual desafío profesional y la posibilidad de ser nombrada vicepresidenta en un año.

—Ok.

—Si tuvieses que elegir dos, ¿cuáles dirías que son tus retos de desarrollo?

—No sé. Supongo que uno sería lograr implantar el nuevo modelo de venta consultiva con éxito.

—Eso no es un reto de desarrollo, es un reto de gestión. O más bien, de transformación de la organización, ya que requiere instalar una nueva capacidad, construida sobre las nuevas competencias que tendrá que adquirir cada persona de tu equipo.

—Entonces, estoy perdida. ¿Qué es un reto de desarrollo?

—¿Cómo anda hoy tu umbral de tolerancia al *feedback*?

—Bajo… pero me muero de curiosidad. Hágale pues.

—¿¡Hágale pues!?

—Significa «adelante».

—De acuerdo. Por expresarlo de una manera sintética, diría que has alcanzado tu máximo nivel de *juniority*.

—¿Qué quiere decir eso?

—Que si no cambias en algunas cosas básicas, no alcanzarás el nivel de *seniority* que se requiere para llegar legítimamente a ser vicepresidenta y a formar parte del comité ejecutivo de una organización.

—No sé si prefiero que lo dejes ahí y pasemos a otro tema o que sigas hurgando en la herida.

—Tomaré tu duda por un «sigue». Te doy un ejemplo: en nuestras interacciones me ha llamado la atención cómo juzgas a Helen con brochazos muy gruesos, pintándola como una caricatura tan exagerada que resulta irreal. Además, afirmas categóricamente que «no va a cambiar».

—¡Es que *no* va a cambiar!

—Esa es una frase impropia de un líder, porque revela que se ha perdido la fe en la capacidad de transformación que tiene una persona. Y cuando uno cree eso, en el fondo, está diciendo que ha perdido la fe en la capacidad de transformación que tiene el ser humano. Cualquiera. Incluido uno mismo. En otras palabras, cuando afirmas que Helen no va a cambiar, lo que estás diciendo es que tú tampoco vas a cambiar.

—Me acabas de hacer una llave de yudo mental.

—Hace tiempo cayó en mis manos un libro de Pieper, un filósofo alemán ya fallecido, que explica esto de una manera brillante. Dice que «la mirada del que ama no es realista, es una mirada de proyección».

—¿Me estás sugiriendo que ame a Helen?

—Te estoy proponiendo que mudes esa mirada escéptica por una mirada transformadora. Una mirada que admite la posibilidad de cambio en los demás. Y lo que es más importante, que admite la posibilidad de cambio en uno mismo. En otras palabras, te propongo desplegar un liderazgo transformador.

—Suena hermoso, pero no tengo la más pálida idea de cómo hacer eso.

—De momento, basta con que a tu cabeza le parezca razonable. Más adelante, que a tu corazón le suene deseable. Y finalmente, que lo lleves a las manos con hechos concretos.

—¿Cabeza, corazón y manos?

—Recuérdame que hablemos sobre esto en nuestra próxima videoconferencia.

—De acuerdo. ¿Y qué más manifestaciones de *juniority* has advertido en nuestras breves interacciones?

—Breves, pero intensas. Te confieso que tu franqueza y tu autenticidad están facilitándome mucho mi trabajo como mentor.

—*Buf...* por fin me reconoces algo positivo.

—Aunque tal vez ahora no lo percibas, estoy tratando de mirarte con una mirada de proyección, porque estoy convencido de que puedes mejorar mucho.

—Supongo que sí, aún soy joven.

—Hablando de juventud, otra manifestación de *juniority* es la indisciplina, que en tu caso se muestra en tu impuntualidad, tu falta de constancia, ese hacer el trabajo la «noche antes del examen», un uso pobre de las herramientas digitales, unos hábitos de descanso deficientes, tu falta de atención a los detalles en los informes que presentas...

—No sigas. Me queda claro el punto.

—¿Estarías de acuerdo entonces en que dos posibles retos de desarrollo para ti serían cultivar un liderazgo transformador y ganar en disciplina?

—Estoy incómodamente de acuerdo.

—Eso es una buena señal.

—Dale. ¿Cómo sigue esto?

—Los retos estratégicos están claros, pero en la estratosfera. Ahora toca introducirlos en la troposfera con una buena selección de competencias, para luego aterrizarlas en proyectos concretos y transformadores. ¿Qué competencias de transformación te parece que podrían ayudarte más en este momento?

—Yo había pensado en estas cinco: Diseño de Proyectos, porque me ayudaría en el despliegue del nuevo modelo de venta consultiva. *Feedback*, porque mi equipo lo necesita y, con frecuencia, mi manera de darlo no genera el impacto que deseo. Cercanía, porque el diagnóstico me ha dejado liquidada. Comunicación Escrita, para que a mi mentor no le den microinfartos con mis faltas de ortografía.

—Si el motivo no es el correcto, no funciona.

—*Tranquiiilo*, era broma. Y también Influencia Matricial, porque, aunque creo que se me da bien, es clave para navegar una organización muy compleja. ¿Qué te parece?

—Comencemos por la última. Yo no te recomendaría empezar por Influencia Matricial, que, de hecho, se adquiere en buena parte desarrollando las otras once competencias de transformación. Me explico: ¿cómo sería tu influencia en personas de otras áreas de la organización —o de otros países— si, cuando interactúas con ellas, observan que haces diagnósticos agudos, que eres buena aterrizando proyectos y que ejecutas con agilidad; si perciben en ti integridad, que eres cercana y que además sabes entregar bien el regalo del *feedback*; si te comunicas con ellas con brevedad, con claridad y aportando valor a través de diversos formatos; y si usas de modo avanzado las herramientas digitales y gestionas las reuniones con una metodología disciplinada y con una facilitación que genera inteligencia colectiva? ¿Cómo será entonces tu influencia matricial en la organización?

—Más que perfecta, pluscuamperfecta, diría yo.

—Por cierto, me ha sorprendido que te hayas evaluado tan bien en esta competencia. Es bastante improbable alcanzar ese nivel con el moderado grado de desarrollo que pareces tener en las otras competencias.

—No me entusiasma bajarme la calificación en una de las competencias que yo creo tener más desarrollada. Pero me parece que voy captando tu estilo y ya sé lo que me vas a decir: «La autocrítica es más estimulante que la autocomplacencia».

—Bien, te puedes poner un «excelente» en intuición. Veamos las otras tres. La competencia Diseño de Proyectos tiene sentido, debido a tu responsabilidad actual. Pero yo te sugeriría reemplazar ésta por la competencia Diagnóstico & Decisión. Por dos motivos: porque si vas tan acelerada como parece que vas y tienes poco tiempo para pensar y, por otra parte, tu personalidad de Influencia te lleva a ser algo dispersa, creo que ahora, para ganar en *seniority*, sería más interesante que aprendas a desarrollar un pensamiento más sistémico y estructurado.

—¿Y cómo logro eso?

—Mañana te enviaré varias recomendaciones de lectura con las que empezar a trabajar la competencia Diagnóstico & Decisión. Veamos las otras tres que has elegido.

—*Feedback*, Cercanía y Comunicación Escrita.

—Según dices, parece que el impacto de tu *feedback* no es el que desearías, quizá porque eres muy directa y, a veces, hieres con tu manera de decir las cosas. ¿No te parece que podrías empezar primero por trabajar la competencia Cercanía —ojo, también con Helen— con el fin de que te ganes el nivel de confianza que se requiere para que te admitan dar un *feedback*, llamémoslo así, más transformador?

—Tiene sentido, aunque sigo sin entender cómo he salido tan mal en Cercanía cuando me paso el día viajando a los países.

—Entonces volvamos a tus retos de desarrollo, para asegurar que las competencias que elijas son consistentes con ellos.

—Cultivar un liderazgo transformador y ganar en disciplina.

—Correcto. De momento, tenemos la competencia Diagnóstico & Decisión, que te ayudará a tener un pensamiento más sistémico y, por tanto, también en tu disciplina intelectual; y la competencia Cercanía, que te ayudará a impulsar un liderazgo más transformador, ya que es la puerta de entrada al *feedback*.

¿Qué tal si revisamos tus primeras reflexiones sobre el libro *Los 7 hábitos*? Decías algo sobre tu bandeja de entrada...

—Déjame que vea en la plataforma. Me acuerdo de que eso lo escribí desde Copenhague, así que debió de ser como el 10 o el 11 de marzo. ¡Aquí está!: «Tener mi bandeja de entrada al día, pero sin quedarme todas las noches a responder mensajes atrasados».

—Exacto. ¿Con qué competencia crees que podrías atacar ese desafío?

—¿Herramientas Digitales?

—Pues ya tenemos las tres competencias para trabajar a lo largo del programa de *mentoring*: Diagnóstico & Decisión, Cercanía y Herramientas Digitales.

—Suena bien. Me gusta. Pero, ¿y las otras nueve?, ¿me olvido de ellas?

—No te preocupes. Las competencias son como las cerezas: cuando agarras una, salen tres o cuatro.

—Listo. Entonces voy por estas tres.

—Sí, pero te sugiero empezar por solo una durante los próximos noventa días. En concreto, por Cercanía.

—Listo.

—Sara, es hora de terminar. Te propongo los siguientes hitos para las próximas semanas. En la semana uno, diseñar y publicar un proyecto de transformación personal respecto a la competencia Cercanía, a partir de una plantilla que te facilitaré mañana a través de la plataforma. En las semanas dos y tres, publicar tus logros en la implementación de este proyecto. Y en la semana cuatro, comentaremos cómo te ha ido en nuestra videoconferencia.

—Oliver, ¡me parece muy chévere! Te prometo que voy a dar lo mejor de mí.

—Me alegro mucho. Que te vaya bien en Londres y que descanses el fin de semana en Copenhague.

—Muchas gracias. Chao.

26 de marzo | Punta del Este | 10:00
Mensaje de texto

Buenos días, Sara.

Para que lo tengamos documentado en la plataforma, te resumo la estrategia de desarrollo que construimos ayer:

RETOS DE DESARROLLO:
- **Cultivar un liderazgo transformador.** Para salir de la lógica transaccional en las relaciones profesionales y personales y desplegar una influencia transformadora en los demás.
- **Ganar en disciplina.** Para alcanzar una vida más equilibrada a través de buenos hábitos de descanso, de deporte, de alimentación y de productividad.

COMPETENCIAS:
- Cercanía
- Diagnóstico & Decisión
- Herramientas Digitales

Te paso algunas recomendaciones de lectura para empezar a profundizar sobre estas competencias. Y también para cultivar tu disciplina:

Cercanía:
- *El hombre en busca de sentido.* Viktor E. Frankl
- *El poder oculto de la amabilidad.* Lawrence Lovasik
- *La velocidad de la confianza.* Stephen R. Covey
- *Mindsight.* Daniel J Siegel
- *Ética a Nicómaco.* Aristóteles
- *Empathy.* HBR Press

- *Los cinco lenguajes del amor*. Gary Chapman

Diagnóstico & Decisión:
- *Pensar rápido, pensar despacio*. Daniel Kahneman
- *The Organized Mind*. Daniel Levitin
- *HBR Guide to Making Better Decisions*. Harvard Business Review

Herramientas Digitales:
- YouTube | *How to Use Microsoft Teams Effectively*. Leila Gharani
- *Digital Body Language*. Erica Dhawan
- *High-Impact Tools for Teams*. Alexander Osterwalder

Disciplina:
- *Hábitos atómicos*. James Clear
- *Enfócate*. Cal Newport
- *Pensar como los mejores guerreros*. Mark Divine
- *Getting Work Done*. HBR Press
- *Managing Time*. HBR Press

Te adjunto la plantilla para que puedas diseñar un proyecto de transformación personal en torno a una competencia, con un ejemplo de cómo aterrizarlo. Puedes aplicarla a nuestras competencias de transformación o a cualquier otra competencia que quieras desarrollar, ya sea del propio modelo de competencias de vuestra empresa o de otra distinta que sea relevante para ti.

Quiero subrayarte algo: lo más importante es aprender a incorporar competencias rápido. No hay necesidad de casarse con un único modelo, ya sea el nuestro, el de tu empresa actual o el de la siguiente en la que trabajes. Los modelos de competencias deben estar al servicio de tus necesidades de desarrollo y no al revés.

Daniela | COMUNICACIÓN VERBAL & NO VERBAL

AUTODIAGNÓSTICO: 3,2
(Escala: 1-4 Mal — 5-6 Regular — 7-8 Bien — 9-10 Excelente)

PROBLEMA / OPORTUNIDAD:
Tengo dificultades para expresar de modo claro y sintético lo que pienso. Me voy por las ramas, me extiendo innecesariamente y mis intervenciones generan más confusión que claridad. Percibo que otros bajan su nivel de atención cuando tomo la palabra. Creo que mis carencias en esta competencia limitan mi influencia en la organización y también en mis relaciones personales.

OBJETIVO GENERAL:
Mejorar mi influencia personal y profesional a través de una comunicación más estratégica y de mayor impacto emocional.

OBJETIVOS ESPECÍFICOS:
* Ganar en brevedad, claridad y valor en mis intervenciones en reuniones.
* Incorporar la capacidad de contar historias en mi comunicación personal y profesional.

MARCO DE TIEMPO: 90 días

IMPLEMENTACIÓN:
PLAN DE ESTUDIO:
* **On Communication.** HBR's 10 Must Reads
* **The Science of Storytelling.** Will Storr
* **Presencia.** Amy Cuddy
* **Playlist TED:** Before Public Speaking...
  https://www.ted.com/playlists/226/before_public_speaking
* **Canal de YouTube:** Voiceover Masterclass
  https://www.youtube.com/c/Voiceovermasterclass

DIARIAMENTE:
* **Anotaciones en mi cuaderno** *Remarkable.* Organizar mis ideas por escrito antes de intervenir en reuniones y también para preparar conversaciones clave.
* **Feedback tras reuniones.** Al comienzo de cada reunión explicaré que estoy trabajando en esta competencia y pediré *feedback* (escala 1-10) sobre brevedad, claridad y valor en mis intervenciones.
* **Reloj de arena** (de 3 minutos). Lo llevaré a cada reunión para medir y controlar el tiempo en mis intervenciones.
* **Contar cuentos a mis hijos.** Cada noche leeré o inventaré un cuento para mis hijos, tratando de incorporar las técnicas de *storytelling* que estoy aprendiendo.

SEMANALMENTE:
* **MiniTEDs.** Empezaré cada reunión semanal con mi equipo dando una charla tipo TED de 5 minutos, explicando algún concepto que haya aprendido sobre comunicación verbal y no verbal.
* **Tiempo de estudio.** Bloquear 2 horas en mi agenda a la semana para estudiar sobre comunicación. Y el fin de semana reemplazaré Netflix (2 horas) por vídeos sobre comunicación en YouTube y en TED.

Te doy algunas claves para diseñar el proyecto:

* Realizar un diagnóstico del **Problema/Oportunidad** que sea crudo e incisivo, escribiéndolo en primera persona.

- Establecer un **Objetivo General** que trace la estrategia general de la competencia para acometer el reto de desarrollo para el que ha sido elegida.

- Definir unos **Objetivos Específicos** que recojan los aspectos más críticos para cada persona de la competencia que desea trabajar. En ocasiones ayuda que sean lo suficientemente específicos como para que pueda evaluarse su avance semana a semana.

- Fijar un **Marco de Tiempo** del proyecto de sesenta o de noventa días. Si conviniese prorrogarlo, se pueden añadir ciclos de treinta días.

- Concretar varias dinámicas de **Implementación** diarias y semanales, conectadas con el quehacer cotidiano, personal y profesional.

- Y, como parte de la implementación, diseñar un **Plan de Estudio** estratégico y ambicioso sobre la competencia. Puede incluir libros, artículos, *podcasts*, vídeos, etc.

No dudes en consultarme si tienes cualquier duda.

Oliver

28 de marzo | Copenhague | 08:31
Mensaje de audio

Buenos días, Oliver. No te envío este mensaje porque tenga alguna duda con el formato para diseñar el proyecto, que me ha parecido clarísimo, sino porque llevo varios días dándole vueltas a lo que me dijiste de que he alcanzado mi máximo nivel de *juniority*. Quizá te has precipitado... No sé, a lo mejor es mi culpa, por no haberte contado en detalle mi trayectoria profesional. Porque yo no me gradué la semana pasada... hace ya una década que salí del Tec de Monterrey, que fue una experiencia muy *padre*, y al año siguiente hice mi MBA en el IE, donde aprendí demasiado, me enamoré de Madrid y —como ya sabes— también de Bryan. Y cómo te parece que antes de terminar el MBA ya tenía la oferta para venir a mi empresa. Al principio estuve casi un año de *training* en la universidad corporativa que tenemos en Florida; luego vine a las oficinas corporativas de Boston, donde empecé como analista; luego me ascendieron a coordinadora, gané varios reconocimientos a mi gestión y pasé por varias funciones, hasta que, hace dos años, me dieron la gerencia comercial. Desde entonces, he duplicado las ventas de la compañía, aunque puede que esta banalidad económica a ti te parezca intrascendente... Además, creo que ya te conté que hice programas en Harvard y en Kellogg. Y ahora que recuerdo, hace años tomé un taller de liderazgo y *feedback* en el Center for Creative Leadership. ¡Ah, se me olvidaba!, el año pasado también hice un curso en Singularity University. Supongo que todo esto le debe parecer poca cosa a un veterano como tú, que ya he visto en LinkedIn tu trayectoria profesional y me parece superchévere y, por cierto, me encantaría que un día me cuentes sobre ti, porque yo, prácticamente, ya te he contado mi vida. Bueno, casi toda. Total, que cuando pienso en lo de *juniority*, para serte sincera, yo no me veo tan lejos de los vicepresidentes de nuestro comité ejecutivo. Bueno, y si ya me comparas con nuestro CEO, que sólo tiene treinta y nueve años, ni te digo. Vale que él es un genio que fundó con veintiocho años una empresa que adquirimos, y la junta directiva tuvo la audacia de ponerle al frente de toda la compañía desde hace unos tres años. Pero cuando yo interactúo con él, a decir verdad, es como si hablara con un amigo, porque Claus es de lo más informal. Es un danés muy práctico, muy *descomplicado*, y que viste bastante *casual*. Pero, eso sí, con estilo. Por cierto, esta semana coincidiremos en Copenhague en una reunión clave para mi proyecto, ¡y también viene Helen! *Oh my God!*, ya te contaré cómo nos va. Bueno, me voy a dar un paseo en bici por Copenhague. Hace frío, pero hoy ha amanecido soleado. Chao.

28 de marzo | Copenhague | 21:31
Mensaje de audio

Hola, Oliver. Esta mañana se me olvidó decirte que ya me bajé Audible y me he terminado *Los 7 hábitos*. La verdad es que me han fascinado tanto el libro como la experiencia de escucharlo. De hecho, lo he terminado esta mañana mientras paseaba en bici por el centro de Copenhague. En fin, si tuviera que sintetizar, cosa que imagino que agradecerás, cuál es mi principal aprendizaje del libro, yo diría que es... es que me he dado cuenta de que no he dedicado suficiente tiempo a pensar sobre mi propósito de vida, o por decirlo de otra manera, que mi última década ha girado en torno a mi ambición profesional. Y digamos que me ha ido bastante bien... aunque no en todos los sentidos. De hecho, mi relación con Bryan... se ha enredado últimamente. Ya sé que este *mentoring* es profesional, pero, qué pena contigo, yo creo que me ayudaría demasiado tu perspectiva sobre este asunto. Bueno, ya me dirás. Chao.

(...)

Espera, se me olvidaba, ¿qué siguiente libro tipo *Los 7 hábitos* me recomiendas? Gracias.

(...)

¡Ah!, una cosa más. Para reflexionar sobre mi propósito de vida, me vendría bien saber cómo se formula. Cierto que quien está haciendo el programa de *mentoring* soy yo, pero te tengo una pregunta: ¿cuál es tu propósito de vida? Chao.

30 de marzo | Punta del Este | 09:11
Mensaje de texto

Buenos días, Sara.

Acabo de escuchar los mensajes que me enviaste el sábado. Ya veo que te has formado en instituciones educativas de primer nivel, pero las personas no se transforman acumulando cursos, programas y certificaciones, como quien estampa sellos en un pasaporte, sino a través del *learning by doing*, del ejercicio diario de la voluntad, desarrollando hábitos y construyendo un carácter que te haga digno de asumir responsabilidades de liderazgo. Es desde ahí, desde el carácter, desde donde realmente se lidera. Desde la mera jerarquía, sólo se pueden dar instrucciones, cuyo grado de cumplimiento es proporcional a la fuerza con que se aplican mecanismos de control, de premio y de penalización. Esto explica por qué afloran tantas carencias de liderazgo en altos directivos, cuyas empresas les han financiado un sinfín de experiencias de turismo académico en primera clase, pero «viajando» solos, sin un líder que los acompañe en su proceso de desarrollo con una sana combinación de exigencia y cercanía. Y esa soledad es la que experimentan tantas personas, cuyos jefes son sólo gestores orientados a la operación y que delegan el desarrollo de sus equipos a Talento Humano.

Respecto al concepto de *juniority* —aunque parezca contraintuitivo—, no se arregla con el tiempo, sino con autodesarrollo. Mientras se esté trabajando en ello, no hay motivo para preocuparse.

Me alegra mucho que ya hayas terminado el primer libro y que le hayas sacado tanto jugo. En vez de un libro de *management*, prefiero recomendarte ahora una biografía que puede interesarte, dada tu afición al tenis: *Open*, de Andre Agassi.

Respecto a mi propósito de vida, lo descubrí yendo al aeropuerto de Barajas en Madrid, hace más de una década. Aunque en realidad lo comprendí mejor regresando.

Durante dos años, tuve que viajar frecuentemente a la capital de España para dar seguimiento al programa de transformación de una empresa. En ese contexto, surgió una sintonía natural con Felipe, un directivo con el que había pasado muchas horas conversando, sobre todo de temas profesionales y casi siempre en presencia de otras personas. Un día se ofreció a llevarme al aeropuerto y, durante el trayecto, abrió de repente la puerta de su intimidad y me hizo pasar hasta la cocina. Me contó que llevaba separado de su mujer desde hacía un par de años y que estaba frustrado porque vivía solo, y solo veía a su hijo Jaime, de apenas cinco años, cuando le tocaba, según lo estipulado en el acuerdo de divorcio. «Yo me había soñado —me confesó— una vida distinta: estudié en la Universidad de Navarra, hice un máster en London Business School, llevaba una trayectoria muy prometedora en mi empresa y tenía grandes ambiciones y muchos planes, pero, tras el divorcio, parece como si mi corazón se hubiera congelado por la llegada de un repentino frío ártico. Me siento como un animal herido: abatido, huidizo y agresivo. Todo a la vez o por turnos. Estoy perdido». Mientras escuchaba su historia, yo experimenté una sensación extraña, como si me resonara por dentro, así que le sugerí que leyera *Salvaje de corazón*, un libro de John Eldredge que a mí me había ayudado a entender mejor cómo funciona el corazón de un hombre. Le conté que el autor sostiene que hay tres fuerzas que dinamizan la vida de un hombre: «Una aventura que vivir, una batalla que pelear y un corazón que conquistar». Eldredge explica que cuando un hombre no tiene una gran aventura que dé sentido de propósito a su vida, acaba cayendo en aventurillas que dañan su corazón.

Que hay algo en el hombre que lo predispone a pelear, ya sea por sus valores, por su familia o por su país. Y que la mejor versión que un hombre puede ofrecer es aquella en la que está tratando de conquistar el corazón de la persona a la que decidió amar. «O que reconquistar —le propuse—: ¿y si vas a verla y le pides volver?». Se hizo un silencio largo. Al llegar al aeropuerto, me dio las gracias y un abrazo, y se despidió con un escueto «buen viaje». Yo, por inercia, le respondí: «Igualmente».

Dos meses después, cuando me tocaba regresar a Madrid, me escribió ofreciéndose a recogerme en el aeropuerto. Le insistí en que mejor tomaría un taxi, ya que el avión aterrizaba a las once y pico de la noche. No encontré la manera de disuadirle: al llegar a la puerta que separa a los viajeros de chóferes, familiares y amigos, ahí estaba Felipe esperándome con su hijo Jaime aupado en la cadera, ambos con una felicidad olímpica instalada en el rostro. Nos dimos los tres un abrazo. Luego subimos al coche y, en cuanto Jaime cayó dormido, me dijo: «Hemos vuelto». Ante mi sorpresa, me contó con la mirada puesta en la carretera: «El día que conversamos rumbo al aeropuerto compré el libro que me dijiste y comencé a leerlo. Y ese mismo día fui a hablar con mi mujer y le propuse que volviéramos a estar juntos. Ya lo estamos».

Semanas después, Felipe me escribió para anunciarme que Jaime iba a tener un hermano. La noticia me alegró mucho y le felicité entusiasmado, pero su mensaje quedó pronto enterrado entre tantos y me olvidé. Lo que me conmovió hasta las lágrimas fue una foto que Felipe publicó en las redes meses después. Se veía a su hijo Jaime jugando con su hermano recién nacido. Ese día descubrí que una conversación insospechada rumbo al aeropuerto puede engendrar vida, una vida que tiene ojitos en la cara y que puede sonreírte. Y ese día formulé mi propósito de vida: contribuir a la transformación de organizaciones a través de la transformación de personas, a partir de todo lo que he recibido.

Te deseo que la reunión con Claus y con Helen vaya muy bien. Quedo a la espera de tu proyecto para darte *feedback*.

Oliver

1 de abril | Océano Atlántico | 15:31
Mensaje de texto

Oliver, te escribo desde el *wifi* de un avión, de regreso a Boston. No sé por dónde empezar... Han sido unos días muy extraños en Copenhague.

El domingo por la tarde me encontré a Claus en el hotel y me propuso cenar juntos. Él venía de pasar el fin de semana con sus padres en Aarhus, una ciudad situada en la costa oriental de la península de Jutlandia. Como siempre, se mostró espontáneo y amable. Hasta me contó sobre su familia y sobre su infancia en Aarhus. Todo iba bien hasta que mencionó a Helen... Me comentó que ha decidido tenerla siempre cerca para documentar lo que sucede en sus reuniones y así poder dar seguimiento a los acuerdos y a los compromisos de todas las personas con las que se reúne. Llegó incluso a decir que él es como Lennon, visionario e irreverente, y que necesita a alguien a su lado como McCartney, armonioso y disciplinado. Helen McCartney... lo que me faltaba. Por suerte, ella llegó al hotel demasiado tarde como para unirse a nuestra cena.

La reunión del lunes fue un desastre... Lo que pasó fue que ya me empezó a molestar la complicidad que vi entre Claus y Helen desde al comienzo de la reunión. Y cuando me tocó presentar los resultados del primer trimestre, al tercer dato que Helen me cuestionó, le expliqué que soy yo la que tiene las últimas cifras de todos los países porque, de hecho, estoy en contacto permanente con ellos, no cómodamente sentada en la oficina corporativa… Ella me dijo que su información es la que le envían los propios países, con los que tiene hilo directo. Total, que nos enredamos en una conversación absurda y Claus cortó en seco para pedir que pasásemos al siguiente punto de la agenda porque íbamos mal de tiempo. Tendrías que haber visto la mirada de «proyección» que le eché… Me da que alguien en mi equipo me la está jugando pasándole información a Helen…

Al terminar, le envié un *whatsapp* en clave… Te lo copio, a ver qué te parece:

> «Helen…
> en adelante te agradecería q si vas a presentar datos en una reunión…
> los contrastes conmigo x adelantado…
> es muy fácil desafinar cuando no tienes la partitura correcta…
> así que mejor…
> *#letitbe*»

Horas después, me envió un *laaargo e-mail*, con copia a Claus, que mejor te ahorro, porque era una colección de puntualizaciones y de matices a la discusión de la reunión, que ignoraba por completo la información y el contexto que traté de presentar, lo cual no logré, debido a sus impertinentes interrupciones… Me tocó responderle con copia a Claus, punto por punto. Agotador… Esta es la parte de mi trabajo que más detesto, el politiqueo…

Paso a otro tema. He pedido a mi equipo que me dé su diagnóstico sobre cómo me ven en la competencia Cercanía. Voy a esperar a tener los resultados y el viernes subiré el proyecto.

No quiero dejar de decirte que lo que me has contado sobre tu propósito de vida me ha emocionado… Me gusta más este Oliver que el que conocí a mediados de febrero…

Me quedan cinco horas de vuelo. Empiezo con *Open*. Ya te diré qué me parece...

Sara

4 de abril | Boston | 09:11
Mensaje de audio

Hola, Oliver. Te cuento que el viernes recibí el *feedback* de mi equipo sobre mi grado de desarrollo en la competencia Cercanía. Te confieso que me dejó tan bloqueada que hasta hoy no me he encontrado con ánimo para hacer el proyecto. Me he llevado algunas sorpresas. Sobre todo, con Monika, la persona de mi equipo que está en Berlín. Ha sido durísima conmigo. Te leo algunas de las oportunidades de mejora que me han señalado: «No tienes un interés genuino por los demás, solo te interesan los resultados». «Te faltan empatía y capacidad de escucha». «Eres impaciente para imponer tu propia agenda». «No pareces ser consciente del impacto que generan tus comentarios en los demás». Pero lo más sorprendente ha sido el apunte final de Monika: «Celebro esta iniciativa de pedirnos la opinión sobre tu liderazgo. Sería extraordinario si la extendieras también al trabajo que realizamos». No entiendo por qué me está acusando de no pedirle la opinión en el trabajo, cuando en mi equipo estamos en contacto permanente por WhatsApp, y saben que pueden decir lo que se les dé la gana, cuando se les dé la gana. *Buf...* precisamente la semana que viene me toca ir a Berlín. Qué *peresa* hablar con esa vieja... Bueno, ahí te paso el proyecto de Cercanía. Me cuentas qué te parece. Chao.

Sara | CERCANÍA

AUTODIAGNÓSTICO: 4,1
(Escala: 1·4 Mal – 5·6 Regular – 7·8 Bien – 9·10 Excelente)

PROBLEMA / OPORTUNIDAD:
Siempre me he considerado una persona cercana a mi equipo, a pesar de que, algunas veces, puedo ser percibida como brusca, excesivamente directa y demasiado orientada al trabajo. Sin embargo, el reciente *feedback* de algunas personas de mi equipo me deja pensando que puedo tener más oportunidad de mejora de la que imaginaba: «No tienes un interés genuino por los demás, solo te interesan los resultados». «Te falta empatía y capacidad de escucha». «Eres impaciente para imponer tu propia agenda». «No pareces ser consciente del impacto que generan tus comentarios en los demás». ¿Será que soy cercana con unos y distante con otros?

OBJETIVO GENERAL:
Recuperar la confianza de las personas de mi equipo que me ven distante para lograr más alineación en la implementación de nuestro proyecto.

OBJETIVOS ESPECÍFICOS:
* Desarrollar confianza con todas las personas de mi equipo.
* Escuchar más y ser menos impulsiva en las reuniones.

MARCO DE TIEMPO: 90 días

IMPLEMENTACIÓN:
PLAN DE ESTUDIO:
* **El hombre en busca de sentido.** Viktor E. Frankl
* **El poder oculto de la amabilidad.** Lawrence Lovasik
* **La velocidad de la confianza.** Stephen R. Covey
* **Mindsight.** Daniel J Siegel
* **Ética a Nicómaco.** Aristóteles
* **Empathy.** HBR Press
* **Los cinco lenguajes del amor.** Gary Chapman
Son los libros que me pasaste. No sé por dónde empezar. ¿Alguna sugerencia?

DIARIAMENTE:
* Escuchar más.
* No interrumpir en las reuniones.
* Sustituir algunos *e-mails* o mensajes por llamadas.
* Dejar espacios en la agenda para conversar de temas no profesionales con las personas de mi equipo con los que no tengo una relación fluida.

SEMANALMENTE:
* Una llamada semanal a cada persona de mi equipo.
* Cuando estoy de viaje, almorzar con el equipo local.

6 de abril | Punta del Este | 11:45
Mensaje de texto

Buenos días, Sara.

Espero que hayas descansado tras tu viaje a Copenhague. Te paso mis comentarios al proyecto sobre la competencia Cercanía:

- El Diagnóstico del Problema/Oportunidad ha sido muy valiente. Pedir *feedback* ayuda a descubrir nuestro «ángulo ciego», lo que no vemos sobre nosotros mismos. Quizá se podría resumir diciendo que tienes una «cercanía selectiva» y que la orientas a las personas que te caen bien, categoría a la que Monika no parece pertenecer.
- Al Objetivo General le has dado una orientación demasiado táctica: «lograr más alineación en la implementación de nuestro proyecto». En sí misma, no es una mala finalidad, pero tiene un enfoque transaccional, conseguir los resultados de negocio, y está centrada solo en el trabajo. ¿Qué tal si formulas el Objetivo General así?: «Construir relaciones más cercanas y profundas con las personas que me rodean para contribuir a su transformación».
- Los Objetivos Específicos no son lo suficientemente específicos como para que se pueda medir tu avance semana a semana. Trata de poner un indicador concreto a tu progreso en el desarrollo de confianza con las personas de tu equipo. ¿Qué tal si mides tu grado de cercanía con cada una de ellas y lo revisas cada semana? Por ejemplo: en una escala de 1 a 4, con Monika parece que ahora debes de estar en un 1 o como mucho en un 2, dado que la semana que viene te toca ir a Berlín y, tal como dices, «qué

peresa hablar con esa vieja». Por otra parte, respecto al objetivo de «escuchar más y ser menos impulsiva en las reuniones», ¿qué tal si llevas a algunas reuniones una tarjeta de cartulina con la definición del tipo de escucha que quieres desarrollar y pides que, al final, evalúen y anoten en ella cómo te han percibido del 1 al 4 (1 Mal · 2 Regular · 3 Bien · 4 Excelente)? Finalmente, quizá podrías añadir algún objetivo de cercanía en tu ámbito personal. Por ejemplo, con tu familia o con tus amigos.

- Respecto al plan de estudio, te propongo que empieces por *El hombre en busca de sentido*, de Viktor E. Frankl. No habla directamente sobre la competencia Cercanía, pero te ayudará a reflexionar sobre ella. Esto es lo que dice la sinópsis del libro en Amazon: «Un destacado psiquiatra vienés antes de la guerra, Viktor Frankl fue capaz de observar la forma en que tanto él como otros en Auschwitz lidiaron (o no) con esta experiencia. Se dio cuenta de que fueron los hombres que consolaron a los demás y que regalaron su último pedazo de pan los que sobrevivieron más tiempo, y quienes ofrecieron pruebas de que todo se nos puede quitar, excepto la capacidad de elegir nuestra actitud en cualquier conjunto de circunstancias». Yo leí este libro al comenzar la universidad. Recuerdo que fue una tarde de domingo. Me lo bebí de un sorbo. Con los años, he vuelto a esa tarde varias veces, cuando me he encontrado con el dolor cara a cara.

- En el apartado de Implementación, te sugiero que programes en tu agenda un breve espacio diario y otro semanal para evaluar tu progreso en las prácticas de cercanía que has seleccionado. Te planteo otras, por si te sirven: anotar lo que conoces sobre la vida de cada persona de tu equipo y de tus pares en la organización (trayectoria profesional, familia, aficiones, cumpleaños, etc.), y también sobre sus oportunidades de desarrollo (cómo sale en el DISC, qué retos de liderazgo presenta su personalidad, qué *feedback* le has dado o te gustaría darle, etc.), y almorzar todos los días con alguna persona con la que necesites ganar en cercanía. Si ves que alguna de estas prácticas no funciona, puedes sacarla de la lista en cualquier momento. Y si se te ocurre alguna nueva, actualizas el proyecto. Se trata de que sea un instrumento flexible y práctico. Donde conviene que seas inflexible es en tu disciplina para implementarlo.

Sara, te propongo que subas a la plataforma el proyecto actualizado y publiques tus #*logros* más destacados de esta semana.

Por otra parte, quisiera hacerte una sugerencia estilística: moderar tu uso de los puntos suspensivos. Resulta demasiado informal en un contexto profesional. Y otra sobre el uso de WhatsApp: si cuando escribes un mensaje —como el que enviaste a Helen— compones el texto completo y lo lanzas de una vez, generas una sola notificación a tu interlocutor, en vez de interrumpirle varias veces. El cuidado de los detalles es una manifestación de respeto a la otra persona que, por cierto, resulta difícil de percibir en tu mensaje a Helen. Además, enviar un mensaje irónico para desahogarse emocionalmente suele tener consecuencias indeseadas y difíciles de prever.

Para preparar tu encuentro con Monika en Berlín, te recomiendo que veas la charla de TED *5 Ways to Listen Better* y un vídeo de YouTube que se titula *How to Really Listen to People*.

Oliver

12 de abril | Berlín | 23:06
Mensaje de texto

Hola, Oliver.

Esta mañana pensé en enviarte un mensaje de voz, pero he preferido hacerlo ahora por escrito para que veas cómo he moderado el uso de los puntos suspensivos. Adjunto la segunda versión del proyecto sobre la competencia Cercanía, en la que he tenido en cuenta tus recomendaciones, e incluso me he lanzado a meter a Bryan, con quien mi relación no está mucho mejor que con mi equipo. No obstante, me surge una duda: ¿no son demasiados puntos para que mejorar? ¿No sería mejor centrarme en uno o dos aspectos y, progresivamente, ir añadiendo más?

Sara | CERCANÍA | versión 2

AUTODIAGNÓSTICO: 4,1
(Escala: 1·4 Mal – 5·6 Regular – 7·8 Bien – 9·10 Excelente)

PROBLEMA / OPORTUNIDAD:
Siempre me he considerado una persona cercana a mi equipo, a pesar de que, algunas veces, puedo ser percibida como brusca, excesivamente directa y demasiado orientada al trabajo. Sin embargo, el reciente *feedback* de algunas personas de mi equipo me deja pensando que puedo tener más oportunidad de mejora de la que imaginaba: «No tienes un interés genuino por los demás, solo te interesan los resultados». «Te falta empatía y capacidad de escucha». «Eres impaciente para imponer tu propia agenda». «No pareces ser consciente del impacto que generan tus comentarios en los demás». En pocas palabras: parece que tengo «cercanía selectiva».

OBJETIVO GENERAL:
Construir relaciones más cercanas y profundas con las personas que me rodean para contribuir a su transformación.

OBJETIVOS ESPECÍFICOS:
* **Desarrollar confianza con todas las personas de mi equipo.** Indicador: grado de cercanía con cada persona (escala 1-2-3-4 / autoevaluación). Alcanzar el 3 con todos en 90 días. Revisión semanal.
* **Escuchar más y ser menos impulsiva en las reuniones.** Indicador: tarjeta de «escucha activa» (escala 1·2·3·4 / evaluación del equipo). Lograr un 3 de media.

MARCO DE TIEMPO: 90 días

IMPLEMENTACIÓN:
PLAN DE ESTUDIO:
* **El hombre en busca de sentido.** Viktor E. Frankl
* **El poder oculto de la amabilidad.** Lawrence Lovasik
* **La velocidad de la confianza.** Stephen R. Covey
* **Mindsight.** Daniel J Siegel
* **Ética a Nicómaco.** Aristóteles
* **Los cinco lenguajes del amor.** Gary Chapman

DIARIAMENTE:
* No interrumpir en las reuniones y escuchar más. Indicador: tarjeta de «escucha activa»
* Sustituir un *e-mail* o un mensaje por una llamada a la persona en cuestión.
* Almorzar todos los días con alguien, no sola en mi escritorio.
* Anotaciones en OneNote sobre lo que voy conociendo de cada persona de mi equipo y de mis pares.
* Mensaje antes del almuerzo a Bryan para preguntarle cómo va su día.

SEMANALMENTE:
* Una llamada a cada persona de mi equipo.
* Cuando estoy de viaje, almorzar con el equipo local.
* Revisión del indicador de cercanía con cada persona.
* Una llamada a una amiga para retomar el contacto y saber cómo va su vida.

Te envío dos *#logros* de esta semana:

* Vi los dos vídeos que me recomendaste y —a pesar de que no me apetecía en absoluto— me forcé a mí misma a tener una conversación con Monika. Le sugerí que almorzáramos juntas y aceptó, pero con un gesto de

resignación, como si le hubiera pedido que me acompañara a bajar la basura. Le dije que quería entender bien el *feedback* que me envió y, sorprendentemente, la conversación fluyó. Apliqué la técnica que aprendí en uno de los vídeos: «Recibir, apreciar, resumir y preguntar». Si me hubieras visto, no me reconocerías: la dejé hablar sin interrumpirla y, al final, le aseguré que pensaría lo que me dijo y le di las gracias. Le conté que estoy haciendo un programa de *mentoring online* y que sus recomendaciones las estoy incorporando en mi proyecto de Cercanía, y se quedó descrestada. Me pidió que le pase información sobre el programa. Así que, si os llega la solicitud de una tal Monika, ya sabes quién se lo recomendó... (no pienso quitar estos puntos suspensivos).

- En el viaje de Boston a Berlín comencé a escuchar el libro *El hombre en busca de sentido*. Aún no he avanzado lo suficiente como para entender cómo este libro me va a ayudar a mejorar en mi «cercanía selectiva», pero me está gustando. El de Agassi es fascinante. No me queda claro si es que me consideras tan obstinada como su padre o tan crudamente sincera como él. Me lo terminé en tres o cuatro trasnochadas. La buena noticia es que estoy por darme de baja de Netflix. La mala es que Habitify me recuerda cada día que no estoy cumpliendo con mi propósito de dormir al menos siete horas.

Por otra parte, la semana pasada tuve otro intercambio de *e-mails* muy desagradable con Helen. Me estoy planteando ir a hablar con Claus esta semana.

Sara

13 de abril | Punta del Este | 08:12
Mensaje de texto

Buenos días, Sara.

Te felicito por tus *#logros* de la semana pasada, pero, sobre todo, por la conversación con Monika. Aprender a escuchar es un desafío formidable para las personalidades con rasgos de Dominancia, como la impaciencia o la autosuficiencia. Pero escuchar es de esos esfuerzos cuyo beneficio llega de inmediato: sirve para conocer mejor a la otra persona y lo que de verdad piensa. No necesariamente para ponerse de acuerdo en todo al instante, pero sí para ampliar nuestra perspectiva acerca de la realidad y para poder construir sobre un terreno común, aunque a veces parezca muy pequeño.

El proyecto Cercanía ha quedado muy bien aterrizado. Es cierto que los puntos que has seleccionado para la implementación son ambiciosos, pero también alcanzables. Además, no son un trabajo «extra», sino que puedes incorporarlos con naturalidad en tu quehacer diario, dentro de tu agenda.

Según me cuentas, te leíste el libro de Agassi en tres o cuatro trasnochadas y, por otra parte, Habitify te recuerda que no estás cumpliendo tu compromiso de dormir al menos siete horas diarias. Es clave que reconfigures las prioridades de tu agenda para evitar tensiones entre tus retos. Quizá es buen momento para revisar cómo orquestas el trabajo con tu equipo leyendo *Delegating Work*, un libro muy breve —pero muy práctico— publicado por HBR Press.

Respecto a tu conflicto abierto con Helen y la conversación que quieres tener con Claus, te sugiero retrasarla. Me gustaría entender mejor qué está pasando en vuestra relación para plantearte alguna idea sobre cómo abordarla. Te avanzo dos preguntas al respecto para nuestra próxima videoconferencia (ya agendada para el 28 de abril): ¿qué virtudes tiene Helen? ¿Qué se le da bien?

Oliver

20 de abril | Punta del Este | 08:01
Mensaje de texto

Buenos días, Sara.

La semana pasada no publicaste ningún #*logro*. ¿Va todo bien?

Oliver

23 de abril | Boston | 14:12
Mensaje de audio

Oliver, te tengo que contar algo que me pasó ayer. Adivina de quién se trata: de nuestra amiga Helen. El resumen del resumen es que la embarré. Me explico: Claus me llamó a su oficina para preguntarme cómo va la propuesta que enviamos a un posible nuevo cliente en Londres. Es una oportunidad grande. ¡Y además creo que la vamos a lograr! Me parece que ya te conté sobre esto. *Anyway*, fuimos entrando en detalles y allí estaba Helen, tomando notas de lo que hablábamos, como McCartney al piano. De repente, Helen mencionó el contenido de un *e-mail* que yo escribí al cliente, copiando a parte de mi equipo, pero no a ella. Inmediatamente, le salté a la yugular: «¿Y esto qué es, espionaje?». Y entonces va Helen y me dice: «No, se llama colaboración y trabajo en equipo», con ese tonito que me pone de los nervios. Si no llega a ser por una llamada que le entró a

Claus en ese preciso momento, no descarto haberla estrangulado ahí mismo, en la sala de juntas. Pero la embarrada no fue esa, no no, sino el *whatsapp* que le escribí a mi amiga Andre al salir de la reunión. Deja que te lo copie y ahora te sigo contando.

> «Andre, no te lo vas a creer!!!!!!!!
> McCartney ha encontrado la manera de leer mis e-mails a clientes!!
> algún día tendrá q explicar q ha hecho para tener acceso a TODO...
> y sobre todo a lo q no le incumbe...
> su afán de control no tiene límite...
> esta chica necesita *#help*»

Ok, ya sé que el mensaje incumple todos los principios ortográficos y de estilo que me has ido transmitiendo en estos dos meses, y probablemente no contribuya a sacarme del *juniority*, pero reconoce que no es fácil contenerse ante semejante personaje... En fin. El caso es que me equivoqué y este *wasap* no se lo envié a Andre, ¡sino a la mismísima Helen! *Buf...* Ahora soy yo la que necesito *#help*... Bueno, para terminar de pintarte el cuadro, te cuento que Helen me respondió al mensaje y lo que me dijo me tiene especialmente inquieta. Ahí te lo dejo:

> «Sara, me ha sorprendido recibir tu mensaje, pero no su contenido. Te retrata. Te sugiero que te centres en cumplir con tus resultados y con los estándares de profesionalidad que tenemos en la empresa. Por mí, no te preocupes, *#Ifeelfine*».

¿Alguna sugerencia para «desembarrarla»?

24 de abril | Punta del Este | 09:09
Mensaje de texto

Buenos días, Sara.

Respecto a tu pregunta, tengo una respuesta larga y otra corta. La larga es un refrán: «Lo primero que hay que hacer para salir de un hoyo es dejar de cavar». Y la corta es: desconecta y descansa.

Hablamos la semana que viene.

Oliver

27 de abril | Londres | 21:02
Mensaje de texto

Buenas noches, Oliver.

Recién llegada a Londres y en preparación de nuestra llamada de mañana, te envío mis #*logros* de estas dos semanas en las que he estado algo *missing*.

- Capto la esencia del refrán, pero necesito tus matices. Por otra parte, hice caso a tu «respuesta corta»: el sábado dormí once horas seguidas. Estaba agotada. No sé si esto cuenta como #*logro* pero al menos mejora mi estadística en Habitify.
- He salido a correr tres veces en dos semanas. Muy por debajo de mi objetivo, pero subiendo la media.
- He avanzado poco en *El hombre en busca de sentido*. El motivo es que me ha cautivado la serie de Netflix ¡A ordenar con Marie Kondo! No. No es la típica serie de

acción ni de violencia ni de relaciones humanas superficiales. Es algo que, de hecho, me está ayudando a poner mi casa en orden. Bryan no termina de creérselo...

- Mañana mismo voy a empezar a implementar mi tarjeta de la «escucha activa». Me la ha diseñado este fin de semana mi amiga Andrea, a partir de las sugerencias que me hiciste. Me he propuesto usarla en cinco reuniones a la semana. ¿Qué te parece?

Sara

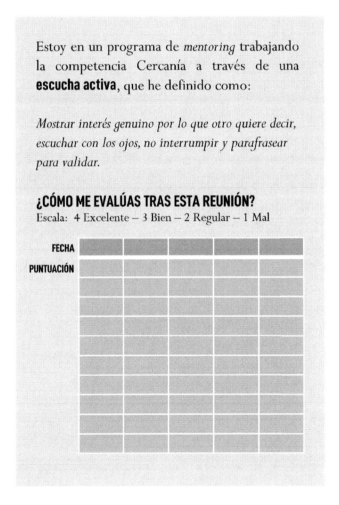

Estoy en un programa de *mentoring* trabajando la competencia Cercanía a través de una **escucha activa**, que he definido como:

Mostrar interés genuino por lo que otro quiere decir, escuchar con los ojos, no interrumpir y parafrasear para validar.

¿CÓMO ME EVALÚAS TRAS ESTA REUNIÓN?
Escala: 4 Excelente — 3 Bien — 2 Regular — 1 Mal

FECHA					
PUNTUACIÓN					

28 de abril | Londres – 17:00 | Punta del Este – 11:00
Videoconferencia

—Hola, Sara. ¿Cómo estás?

—Bien, gracias. ¿Y tú?

—Muy bien. ¿Y cómo te sientes con tus logros de autodesarrollo en el último mes?

—Bien, la verdad. Aunque no del todo satisfecha.

—Tenemos varios temas para conversar hoy.

—Cierto. ¿Qué tal si, para empezar, me explicas lo que querías decir con el refrán «Lo primero que hay que hacer para salir de un hoyo es dejar de cavar»? Llevo todo el fin de semana dándole vueltas. Andre tiene su propia interpretación, pero prefiero saber la tuya.

—El hoyo es la relación que tienes con Helen. Y cada mensaje desairado que le envías, una nueva palada.

—Me lo temía. Justo lo que me dijo Andre.

—Entonces sigamos. Te recomiendo que incorpores una nueva lectura a tu dieta intelectual: *Ética a Nicómaco*, de Aristóteles. Creo que, particularmente ahora, te vendría bien pensar acerca de lo que dice este sabio sobre la prudencia.

—¿Algo que puedas avanzarme?

—Prudente, según Aristóteles, es el que sabe deliberar bien, no orientando su voluntad hacia el placer inmediato, sino hacia lo bueno, hacia lo que le proporciona una felicidad duradera tanto a sí mismo como a los demás.

—¿Y qué tiene que ver eso con Helen?

—Más que con Helen, con cómo parece que estás gestionando la relación con ella. Creo que reflexionar sobre la virtud de la prudencia te ayudará a identificar qué es lo que, en el fondo, estás buscando con esos mensajes que le envías, qué impacto pueden tener en ella y qué es lo que esperas de vuestra relación profesional.

—A mí, más que filosofar, lo que me gusta es la acción. Pero te recojo el guante.

—¿Has pensado sobre las dos preguntas que te hice acerca de Helen: qué virtudes tiene y qué se le da bien?

—Algo así como unos… diez segundos.

—Entonces, si te parece, dejamos esta tarea para la próxima semana y me cuentas tus conclusiones.

—De acuerdo, Oliver. Pero quiero que entiendas que, con la presión que tengo por los resultados y con la *viajadera* que llevo encima, necesito responder rápido a cualquier obstáculo que se presente para lograr mis objetivos. ¿¡Lo entiendes!?

—…

—Y esa vieja me está volviendo loca… ¿¡O es que a ti nunca se te escapó ningún mensaje con una palabra de más!?

—Tranquila, Sara. Respira hondo. Tres veces.

—Ya.

—Sí, a mí también se me escaparon mensajes. Los suficientes como para aprender que es mejor elegir bien las batallas y pelearlas en el momento adecuado.

—¿Qué quieres decir con elegir las batallas?

—Hace tiempo, mi amigo Daniel me contó que su hijo de siete años trató con falta de respeto a su mujer, Martha, mientras desayunaban. «Vete a la mierda», le gritó, para ser más preciso. Daniel le mandó callar inmediatamente y cambió de tema. Esa misma tarde, le dijo que quería hablar con él; salieron al porche de la casa, se sentaron en la escalera y le contó lo siguiente: «Yo conocí a Martha hace doce años. Me pareció la mujer más hermosa del mundo. Me enamoraron su dulzura, su generosidad, su capacidad de cuidar los pequeños detalles. Así que le propuse casarnos e —increíblemente— me aceptó, y decidimos compartir juntos el resto de nuestra vida. A este viaje que emprendimos, pronto se incorporó tu hermano Paul. Más tarde llegaste tú y, hace apenas tres años, tu hermana Olivia. Es cierto que estos años hemos tenido alguna dificultad. Supongo que... como cualquier otro matrimonio. Pero hemos sido muy felices. Yo me siento muy afortunado por ser el marido de Martha. Mis amigos aún no pueden comprender cómo logré conquistar a la chica más guapa de la universidad. La quiero con toda mi alma y haría lo que fuese por proteger nuestro matrimonio. Y por protegerla a ella. De modo que, si alguna vez alguien intentara hacerle daño, si alguien se atreviera a maltratarla o a insultarla, se las vería conmigo. Incluido tú. Escucha con atención lo que voy a decirte ahora: no vuelvas a hablarle a Martha como lo has hecho esta mañana. ¿Está claro? Más bien, trátala con el máximo respeto y con todo el cariño. No vas a encontrar una madre mejor. En todo el mundo».

—...

—¿Estás bien, Sara?

—Sí... Es sólo que me has... Que me has hecho acordarme de mi madre.

—Está bien. Tómate tu tiempo.

—... Sigue... Discúlpame... Sigue, sigue.

—Lo siento. Mi intención no era hacerte llorar ni que te acuerdes de tu madre.

—Pues lo has hecho. Y mi madre es un tema que aún no estoy preparada para tocar.

—Mi intención era ilustrar la importancia de elegir qué batallas pelear y cuándo.

—Ya sé.

—Por lo que respecta a Helen, es obvio que necesitáis conversar para restaurar vuestra relación. Tienes todo el derecho a estar frustrada por su comportamiento, aunque dudo que siempre tengas motivos proporcionados y razonables. Pero más vale buscar —o, mejor dicho, crear— el momento adecuado para conversar. En vez de enviarle mensajes envenenados o sobrerreaccionar cuando te molesta lo que dice o hace. Y menos, en público.

—Creo que te entenderías muy bien con Andre. Parece que os ponéis de acuerdo para ver siempre las cosas desde el otro lado. En cualquier caso, lo pensaré.

—Me alegra coincidir con tu amiga, siempre que eso te ayude. Avancemos. Antes decías que no estás del todo satisfecha con tus logros de autodesarrollo en el último mes. ¿Por qué?

—Porque no he cumplido todo lo que me propuse. En realidad, no he cumplido ni la mitad de la mitad. ¿Y a ti qué te parece? ¿Cómo me ves?

—Que avanzas de un modo inconstante, como haciendo *sprints* en el último momento.

—Yo siempre fui de estudiar la noche antes del examen.

—Y me imagino que parte del problema es que, además, sacabas buenas notas.

—Sí. Bueno, no siempre. Pero, en general, me fue bien en el colegio y en la universidad. ¿Y por qué te parece esto un problema?

—Porque tu memoria —y, tal vez, tu agilidad mental— te ha permitido alcanzar buenos resultados académicos y quizá también profesionales, a pesar de que no tengas una disciplina, digamos, ejemplar.

—No. Ejemplar, ya te digo que no es.

—Lo que nos lleva a un tema que dejamos pendiente en nuestra última videoconferencia.

—Ya sé: cabeza, corazón y manos.

—Correcto.

—Empecemos por la cabeza: soy todo oídos.

—Para ti, como líder, ¿qué importancia tiene el *feedback*?

—Absoluta.

—Y en los últimos treinta días, ¿cuántas veces has dado *feedback* a tus pares o a tu equipo?

—¿Cuentan los que di por WhatsApp?

—No cuentan.

—Entonces, una vez. O ninguna, según si consideras que puntúa la conversación que tuve con Monika.

—Me parece que, más que darle *feedback*, lo recibiste, ¿no?

—Ok. Entonces la respuesta es «ninguna vez». Pero me surge una duda: ¿contaría la evaluación del desempeño que cada año tengo que hacer a mi equipo?

—Cuenta más bien poco. Con frecuencia, es un formato muy jerárquico y diseñado con una finalidad utilitaria: que los jefes justifiquen a sus equipos las decisiones que han tomado sobre el *bonus* que van a cobrar. En otras ocasiones, es un proceso diseñado por Talento Humano para que —al menos una vez al año— los jefes hablen con sus equipos sobre su desarrollo y no sólo sobre el negocio o la operación.

—Ahora que lo dices, no sé qué me resulta más artificial, cuando me hacen a mí la evaluación, o cuando me toca hacérsela a mi equipo.

—Creo que ese adjetivo define muy bien ese proceso. Aunque no estoy diciendo que me parezca innecesario. Pero el auténtico *feedback*, para mí, es otra cosa.

—¿Qué es para ti el auténtico *feedback*?

—En el ámbito empresarial, *feedback* es el regalo que cualquier persona de la organización —con independencia de la jerarquía— le puede hacer a cualquier otra, cuando —en vez de criticarla por la espalda o interiormente— le presenta una oportunidad de mejora y se ofrece a ayudarla, confiando en su capacidad de transformación.

—Suena bien.

—Por cierto, si no recuerdo mal, hace un par de años tomaste un programa de liderazgo en el Center for Creative Leadership. Posiblemente es uno de los mejores programas del mundo para profundizar en la competencia *Feedback*.

—Así es.

—¿Te gustó?

—Me encantó. Entre otras cosas, aprendí una técnica muy práctica para dar *feedback*. Se llama SCI (Situación – Comportamiento – Impacto). Enmarcas la situación en la que sucedió algo, señalas cuál fue el comportamiento y explicas el impacto que tuvo desde tu perspectiva. ¿La conoces?

—Sí, la conozco. Y tú, personalmente, ¿cómo saliste del programa?

—Salí entusiasmada. De hecho, pasé toda la documentación a mi equipo y me marqué el objetivo de dar *feedback* todas las semanas, tanto en el ámbito profesional como en el personal.

—Me parece un buen propósito, pero el objetivo te quedó algo genérico. ¿Lo cumpliste?

—Al principio, sí. Especialmente con Bryan. Pero a los pocos días me pidió que le bajase dos rayitas de intensidad. Al pobre lo traía frito.

—¿Cuántas semanas lo cumpliste?

—Una y media. Quizá dos.

—Resumamos. Imagino que estarás de acuerdo en que no hay herramienta más transformadora que una conversación cara a cara. Y que el *feedback* es un formato particularmente valioso en el ámbito profesional.

—Nunca se me hubiese ocurrido formularlo así, pero lo estoy.

—Ahí lo tienes. Dar *feedback* a tu cabeza le suena razonable, a tu corazón le parece deseable, pero te cuesta bajarlo a las manos, a los hechos concretos.

—Cabeza, corazón y manos. Ahora sí lo entiendo. Y lo que a mí más me cuesta son las manos.

—A ti, a Andre Agassi y a cualquiera.

—¿Y a ti también?

—A mí también.

—Me alegra saber que eres humano.

—Mucho más de lo que te imaginas.

—No sé, a mí me pareces tan impecable, tan juicioso. Perdón... tan aburrido. ¿Tú nunca te concedes un pequeño respiro? ¿No sé, romper la dieta y comerte una hamburguesa con papitas fritas?

—Alguna vez.

—Por favor, envíame una foto el día que lo hagas, me resultaría muy inspirador.

—De acuerdo. Lo haré. ¿Pero de verdad eso te resultaría inspirador?

—No imaginas cuánto.

—Interesante. Volvamos otra vez a tus retos de desarrollo.

—Me acuerdo: cultivar un liderazgo transformador y ganar en disciplina.

—Bien. En este momento del programa, te sugiero que, durante el próximo mes, trabajes con disciplina en la implementación de tu proyecto sobre la competencia Cercanía, cumpliendo con los compromisos diarios y semanales que concretaste, y publicando semanalmente tus logros en la plataforma. Y si avanzas lo suficiente, en un mes podrías diseñar el siguiente proyecto.

—El de Herramientas Digitales.

—Correcto.

—Por cierto, ¿y qué te pareció mi tarjeta de la «escucha activa»?

—Brillante. Va a ser un instrumento muy práctico para medir cómo avanzas en cercanía.

—Ya sé, Andre es lo máximo.

—Sara, es hora de terminar.

—Tengo una última pregunta: ¿qué hace un inglés como tú viviendo en Punta del Este? Me han dicho que es un sitio increíble.

—Es un sueño que tenía desde hace años con Valentina, mi mujer. Ella es uruguaya y su familia tiene algunas tierras por acá. Por eso, dejé la gerencia general de mi empresa en manos de uno de mis socios —ya sólo participo en las reuniones de la junta directiva— y ahora me dedico principalmente a lo que me apasiona: mentorizar a personas con alto potencial.

—¿Cómo yo, o más?

—Como tú, y más.

—Un día me tienes que enseñar cómo hacéis los ingleses para dar un puñetazo en la cara sin despeinaros.

—Algún día.

—¿Desde cuándo vivís en Punta del Este?

—Nos vinimos hace dos años. Aunque solemos pasar de junio a agosto en nuestra casa de Windsor.

—Suena como una vida de cine.

—Tengo muchos motivos para estar agradecido, pero no te equivoques, en mi película también ha habido escenas trágicas. Como en la de cualquiera. No conozco ningún corazón que no haya experimentado alguna vez algún tipo de dolor inconsolable.

—...

—¿Sara?

—...

—Espero que te vaya bien por Londres.

—Muchas gracias, Oliver. Hoy me dejas con mucho que pasar por mi cabeza. Y también por mi corazón.

—Veamos cómo lo bajas a las manos.

—Ya verás. Chao.

4 de mayo | Boston | 11:50
Mensaje de audio

Hola, Oliver, no te lo vas a creer. ¡Hemos ganado el contrato de Londres! Acaban de darnos la noticia y no quería dejar de contártelo. Claus ha enviado un mensaje de felicitación a toda la empresa. ¡Mi equipo está emocionado! ¡Y yo también! Probablemente, esto no cuente como un logro de autodesarrollo, pero me reconocerás que es un superlogro de transformación. Por fin, nuestro nuevo modelo de venta consultiva está empezando a dar frutos. ¡Estoy tan contenta! Ya te contaré más detalles. Chao.

(…)

Bueno, ¿¡cómo que no!? Ahora que lo pienso, ¡pues claro que esto es un logro en la competencia Cercanía! De hecho, mañana viajo de nuevo a Londres —también vendrá todo el equipo de Europa— y lo vamos a celebrar a lo grande. Así que espero que te unas a la fiesta abriendo alguna botella para brindar desde ahí abajo. Chao.

4 de mayo | Boston | 14:59
Mensaje de texto

Buenas tardes, Oliver.

Esta mañana, con la emoción del nuevo cliente, se me quedó una pregunta sin hacer sobre un tema al que llevo dándole vueltas todo el fin de semana. Estuve rebobinando mentalmente nuestra videoconferencia y me quedé con la impresión de que no te gustó el uso que hice de la palabra «inspirador». Así que, si me permites este nuevo atrevimiento, te dejo una tarea para que la subas a la plataforma: ¿qué es para ti inspirar?

Sara

4 de mayo | Punta del Este | 17:05
Mensaje de texto

Sara, ¡me alegro mucho por la noticia! Me uno a la felicitación y mañana lo celebraré con Valentina, abriendo posiblemente más de una botella. Tenemos un asado en el jardín porque nuestra hija Claire, la que vive en Londres, viene unos días.

Te sugiero que aproveches vuestra celebración del nuevo cliente para estrechar la cercanía con cada persona de tu equipo y entregar a cada uno un regalo, pero en formato *feedback*. Basta con que sea algo pequeño y específico que les ayude en su desarrollo. Trata de aplicar la técnica SCI que aprendiste: Situación – Comportamiento – Impacto.

Respecto a la pregunta ¿qué es para mí inspirar?, prefiero contestar definiendo primero qué no es inspirar: inspirar no es deslumbrar ocasionalmente, como se deslumbra a un ciervo en la oscuridad, en una carretera de montaña. Porque, tal vez, alguien podría deslumbrar a los demás si es rápido con los números o hábil en la negociación o si tiene buen ojo para el diagnóstico, o quizá si sabe cómo suscitar emociones epidérmicas en la audiencia cuando le toca hablar en público. Pero nada de esto tiene nada que ver con inspirar.

Pienso que vivimos en una sociedad tan superficial y tan sentimentalista que corremos el peligro de llamar inspirador a cualquier cosa. Algo que expresa de una manera muy sugerente Oscar Wilde, cuando dice que «un sentimentalista es alguien que quiere darse el lujo de una emoción, pero sin pagar por ella». Así como el que quiere llegar a la cima de una montaña en helicóptero, sin subirla paso a paso, experimentando primero la fatiga y luego el gozo de llegar a la cumbre, fruto del propio esfuerzo. Y esta tendencia actual al éxito rápido o a la satisfacción instantánea quizá explica el auge de los *speakers* motivacionales en eventos corporativos, a los que, con frecuencia, se les invita para generar emociones epidérmicas en equipos que no encuentran inspiradora la vida de sus jefes.

Por eso, yo diría que alguien te inspira cuando —más bien— te ayuda a cambiar tus hábitos, transformando quien eres. Y este es el verdadero termómetro de la inspiración, tu capacidad real de contribuir a mejorar a las personas que están a tu alrededor. No sólo de hacerles reflexionar o de entusiasmarles, sino también de ayudarles a bajar a las manos, a los hechos concretos, desarrollando hábitos que dan forma al carácter.

Espero que te sirva mi respuesta.

Oliver

8 de mayo | Boston | 06:33
Mensaje de texto

Buenos días, Oliver.

Ya de vuelta en Boston y, con la «ayuda» del *jet-lag*, hoy me levanté temprano para contarte mis #*logros* de esta semana, antes de que empiecen las reuniones en la oficina. Creo que arrancar la semana con la noticia de haber ganado un nuevo cliente ha tenido un efecto estimulante en mi autodesarrollo:

• Según Habitify, mis horas de sueño han mejorado tan poco que la cifra resulta insignificante. Sin embargo, mi tiempo de lectura ha mejorado mucho (algo más de siete horas a la semana). Sobre todo, gracias a Audible, que me permite «leer» cada día, yendo y viniendo a la oficina, y también durante los viajes. De hecho, estoy a punto de terminar la Ética a Nicómaco de Aristóteles. No es breve y no es para leer rápido. Creo que se te ha ido un poco la mano poniendo a filosofar a un cerebro disperso como el mío. Aunque te reconozco que el libro trae perlas inolvidables:

* «La prudencia no es ciencia ni arte, sino una disposición racional, verdadera y práctica sobre lo que es bueno para el hombre». Y para la mujer, añadiría yo, desde una sensibilidad más actual.

* «La sabiduría es la ciencia superior de lo que hay en el mundo. En cambio, la prudencia tiene por objeto lo que es humano y opinable. Prudente es el que delibera bien y busca el mayor bien práctico. No delibera *solo sobre lo general, sino también sobre lo particular, porque la acción es siempre particular. (...) Los jóvenes pueden ser sabios, pero no prudentes, porque la prudencia es el dominio de lo particular, al que solo se llega por la experiencia».* Una forma más profunda de explicar tu concepto de *juniority*. Me parece.

* *«Ser inteligente no es lo mismo que ser prudente. La inteligencia se aplica, al igual que la prudencia, a problemas que exigen deliberación, y llega a proponer soluciones. Pero la prudencia va más allá: es normativa, es decir, ordena hacer o no hacer algo».* En otras palabras, la inteligencia te puede decir que no es bueno darse un atracón de chocolate, pero la prudencia te sugiere no abrir el armario donde está la tableta.

* «Sabemos que para consolidar una conducta es imprescindible la repetición de los mismos actos. Por eso, *se ha dicho que el que siembra actos recoge hábitos, y el que recoge hábitos cosecha su propio carácter».* Es todo un descubrimiento saber que, cuando no abro el armario donde está el chocolate, o no

envío ese *whatsapp*, o «cierro el pico» en una reunión, estoy construyendo mi carácter.

* «Junto a su naturaleza biológica, recibida antes del nacimiento, el hombre (¡y la mujer!) *es capaz de adquirir una segunda naturaleza: a través de los actos que repetimos y olvidamos, se decanta en nosotros una forma de ser que permanece. Pero la libertad ofrece siempre su doble y peligrosa posibilidad fundamental. Así, unos se hacen justos y otros injustos, unos trabajadores y otros perezosos, responsables o irresponsables, amables o violentos, veraces o mentirosos, reflexivos o precipitados, constantes o inconstantes. La libertad, en suma, nos brinda posibilidades de protagonizar actos buenos y malos. En el primer caso, adquirimos virtudes; en el segundo, vicios*». Vaya chasco me he llevado... Y yo que pensaba que la libertad era hacer lo que me da la gana...

- Mi tarea pendiente: ¿Qué virtudes tiene Helen? Me parece que es disciplinada, sistemática y constante. ¿Qué se le da bien? El Excel, el PowerPoint y la tecnología, en general. Es *supertechie*. También es buena organizando, planificando y haciendo seguimiento.

- Mi indicador de cercanía con las personas de mi equipo (te recuerdo que cuatro son reportes directos, y otros ocho, matriciales) se va moviendo hacia arriba. En la primera medición (escala 1-2-3-4), la media estaba en 2. Ahora estamos cerca del 3. Sin duda, la clave han sido las llamadas casi diarias que he hecho (reemplazando mensajes o *e-mails*), y también, que he pasado de almorzar sola cinco días a la semana a almorzar con alguien de mi equipo casi a diario. Lo que no he cumplido ha sido la tarea de hacer anotaciones sobre lo que conozco de cada uno de ellos. En realidad, empecé abriendo una nota de

OneNote en mi computadora, pero no se me sincronizó en mi celular y ahora no la encuentro. Lo admito: soy un desastre con la tecnología.

- La tarjeta de la escucha activa ha sido un auténtico *hit*. Algunos me la han copiado. Te adjunto los resultados de las cuatro reuniones en las que la utilicé esta semana. Creo que voy mejorando.

Estoy en un programa de *mentoring* trabajando la competencia Cercanía a través de una **escucha activa**, que he definido como:

Mostrar interés genuino por lo que otro quiere decir, escuchar con los ojos, no interrumpir y parafrasear para validar.

¿CÓMO ME EVALÚAS TRAS ESTA REUNIÓN?

Escala: 4 Excelente – 3 Bien – 2 Regular – 1 Mal

FECHA	4 mayo	5 mayo	6 mayo	7 mayo	
PUNTUACIÓN	3	3	2	3	
	1	2	3	3	
	1	2	2	3	
	2	2	4	3	
	2	3	3	4	
	2	2	3	4	
	3	2	2	3	
		1			

Como ves, he entrado en modo *#CabezaCorazónyManos*

Sara

8 de mayo | Punta del Este | 09:09
Mensaje de texto

Buenos días, Sara.

Te felicito por tus *#logros* y me alegra que la noticia del nuevo cliente te haya estimulado en tu autodesarrollo, pero aún puedes subirle varios nudos a tu velocidad de crucero y seguir trabajando para sostenerla. Te sugiero que busques este documento en Google, *The Definitive 100 Most Useful Productivity Hacks*, y trates de incorporar algunos aprendizajes para ganar en productividad. Te hará falta mejorarla para pasar al siguiente nivel de autodesarrollo.

La próxima semana es clave. Si sigues a buen ritmo, estarás lista para empezar con el siguiente proyecto, el de la competencia Herramientas Digitales. Te adelanto una sugerencia: que te plantees como un objetivo específico la «limpieza digital». Consistiría en dedicar un día exclusivamente a poner en orden todas tus herramientas. Posiblemente necesites que alguien te ayude. Como sé que te gustan los retos, te lanzo uno de liderazgo: ¿qué tal si reenmarcas la relación que tienes con Helen pidiéndole que sea tu *sensei* de las herramientas digitales?

A fin de prepararte para este nuevo proyecto, te sugiero un libro sobre cómo aprender a aprender rápido, una competencia clave para acelerar el autodesarrollo. *Ultralearning: Accelerate Your Career, Master Hard Skills and Outsmart the Competition*, de Scott H. Young.

Oliver.

10 de mayo | Boston | 21:44
Mensaje de texto

Buenas noches, Oliver.

Lo que me pides con Helen, más que un reto de liderazgo, es una forma de tortura tan sutil como cruel. Como era previsible, a Andre le parece una idea excelente. Necesitaré tu ayuda para preparar esa conversación. Y no descarto que también necesite algo de terapia para recuperarme.

Por otra parte, te confieso que, después del esfuerzo que he hecho en las últimas semanas, me parece algo despiadado por tu parte pedirme que le suba varios nudos a la velocidad de crucero de mi autodesarrollo. Ahí te dejo eso, para que lo pienses.

Sara

11 de mayo | Punta del Este | 15:32
Mensaje de texto publicado en la plataforma

Buenas tardes, Sara.

Precisamente porque valoro mucho el esfuerzo que estás haciendo y los logros que estás alcanzando en tu autodesarrollo, te reto para que des más. El rol de un mentor no es ganar concursos de popularidad ni asegurar que sus mentorizados se sientan cómodos. Más bien, lo contrario: consiste en retarles —de la manera más inspiradora posible—, generándoles una sana incomodidad que les inspire a desarrollar su propio talento.

Como ya sabes, la transformación duele, al igual que ponerse a dieta o hacer un programa de entrenamiento exigente. Pero, actualmente, el riesgo de no acelerar el autodesarrollo incorporando nuevas competencias podría ser mucho más grave. Y más doloroso: en los próximos años puede producirse una oleada de despidos sin precedente, sobre todo en las grandes organizaciones. Trataré de explicarme:

Desde hace más de una década hay un fenómeno silencioso, pero que avanza a toda velocidad: la polarización del talento. Debido, principalmente, al efecto acelerador de la tecnología en la transformación de los modelos de negocio y de los modelos de organización, cada día se requieren perfiles más sofisticados en las empresas y, a la vez, cada día se hacen más irrelevantes los perfiles medios, buena parte de los cuales acabarán siendo reemplazados por la automatización o serán subcontratados en países con menores costos salariales. Es cierto que hoy también se crean nuevos puestos de trabajo, pero la tendencia creciente se inclina hacia trabajos altamente especializados (desarrolladores de apps o especialistas en venta consultiva, por poner un par de ejemplos) o hacia trabajos básicos cada vez más necesarios (distribuidores locales de mercancía o cuidadores de enfermos). Los profesionales medios con talento medio y una formación académica tradicional corren cada día más el riesgo de acabar siendo demasiado caros para el valor real que aportan a las empresas.

El paradigma de que, para acceder al confort y a los beneficios que progresivamente ha logrado la clase media, basta con estudiar en la universidad, hacer un máster, entrar en el mercado laboral y progresar en una organización al ritmo de los programas formativos que ofrece Talento Humano está siendo cuestionado por estudios bien fundados que confirman la polarización del talento. La pregunta «qué carrera estudiaste y dónde» se está haciendo cada vez más irrelevante. La pregunta de hoy es «qué estás estudiando ahora y cómo». En pocas palabras, en la próxima década la capacidad de autodesarrollo y la de aprender rápido determinarán en gran medida la trayectoria de cada profesional.

Por otra parte, sé que estás entusiasmada por haber logrado un nuevo gran cliente y tienes motivos para estarlo. Pero más vale que seas cautelosa a la hora de medir el éxito de vuestro proyecto de venta consultiva: hacerlo sólo en términos del impacto en la cuenta de resultados por la llegada de un nuevo gran cliente podría nublar la importancia de trabajar con método para asegurar el desarrollo de competencias de venta consultiva en cada persona de tu equipo. Es la única manera de dejar instalada esta capacidad en la organización. Y ya sabes por experiencia propia que la adquisición de nuevas competencias requiere mucho estudio y mucha disciplina. O, en una palabra, #*CabezaCorazónyManos*

Te sugiero que hablemos en la próxima videoconferencia sobre cómo empezar a desplegar tu rol de mentora en tu equipo.

Te deseo una buena semana y muchos #*logros*

Oliver

16 de mayo | Miami | 17:32
Mensaje de audio

Hola, Oliver. Tengo varias noticias buenas y una terrible. Te envío este mensaje desde el aeropuerto de Miami. Pensaba haberte contado mis avances por escrito, pero sucedió algo… Mejor te cuento primero los logros de esta semana. Ha sido la primera en la que he implementado prácticamente todos los compromisos que me propuse en mi proyecto de la competencia Cercanía, y mis dos indicadores han ido mejorando. Además, he continuado con mi progreso en Habitify, tanto en mis horas de sueño como en el tiempo destinado a la lectura. Ah, y también en el deporte: he salido a correr tres veces esta semana. Respecto al libro *Ultralearning*, me está dando claves muy chéveres sobre cómo aprender rápido. Sin

94

haberlo terminado, ya se lo he recomendado a todo mi equipo. Por otra parte, veo la lógica de reenmarcar la relación que tengo con Helen pidiéndole que me ayude en la implementación de mi proyecto de Herramientas Digitales y le he escrito para pedirle que hablemos. Hemos agendado vernos el próximo miércoles. Por supuesto, necesito que me des algunos *tips* para preparar esa conversación, que tampoco es que sea el plato que más me apetezca. Hasta hoy, te diría que esa conversación me parecía difícil, pero ahora, si la comparo con la que debo tener con Bryan, me parece pan comido. *Buf...* A ver cómo te explico esto... Ayer viernes bajé a Miami a pasar el fin de semana con Bryan. Te recuerdo que dedicarnos tiempo es parte de mi plan de cercanía. Él vino el miércoles a un congreso médico, así que decidimos descansar el sábado y el domingo, quedándonos en el Hotel Mandarin Oriental. Nos venía bien a ambos. Descansar juntos y reconectarnos, ya que, en los últimos meses, con tantos viajes, nuestra relación se ha ido... no sé cómo decir, deteriorando. Ayer cenamos en el restaurante La Mar, de Gastón Acurio, que es un sitio que me encanta, y pasamos un buen rato. Esta mañana salí a correr temprano por Brickell, después desayunamos juntos en la terraza del hotel y luego fuimos a tomar el sol a la piscina. Hasta ahí, todo bien. Pero, mientras yo estaba en la tumbona escuchando *Ultralearning* con mis auriculares, Bryan se fue a nadar. De repente, su teléfono sonó y vi que le llamaba una tal Jenny. Al principio, no le di mayor importancia, pero al cabo de un rato mi cerebro empezó a dar vueltas en plan «¿quién es esta Jenny que llama a mi marido un sábado?, ¿y por qué no tiene registrado su apellido?». Total, que me quedé con su celular en la mano y, a los pocos minutos, entra un mensaje de Jenny que dice: «Hoy se me va a hacer la guardia muy larga...». Bueno, di un salto de la tumbona, me fui a la piscina y, sin esperar a que saliese del agua, le grité, con el celular en la mano y con la vena marcada en la frente: «¿Quién es esta Jenny?, ¿eh?, ¿una amiguita del hospital?». Y entonces Bryan me dijo: «¿De qué estás hablando?». En realidad, intentó decir algo más que ya ni oí porque recogí mis cosas como un rayo, subí a la habitación, hice la maleta, pedí un Uber, y ahora estoy en el aeropuerto esperando a embarcar en el próximo vuelo a Boston. *Buf...* Ya le he contado a Andre, que ha hecho su mejor esfuerzo por tranquilizarme, pero no quería dejar de contarte a ti también, antes de subir al avión, cómo me ha ido esta semana, incluido este fin de fiesta... Tengo como quince llamadas perdidas de Bryan, pero no estoy de humor para hablar con él. En fin, por si alguna vez pensaste que este *mentoring* iba a ser fácil, ahí te dejo este enredo. No sé ni por dónde empezar a deshacerlo. Chao.

18 de mayo | Punta del Este | 08:06
Mensaje de texto

Buenos días, Sara.

Aunque me alegran mucho tus #*logros* de esta semana, me apena el episodio con Bryan.

Tu apresurada huida de Miami, sin darle la oportunidad a explicarse, muestra que tu *juniority* aún aflora, pero en un terreno más importante: la relación de pareja. Me gustaría sugerirte algunas cosas al respecto, basadas en mis propios errores y aprendizajes, pero, de momento, te invito a que veas la charla TED *El poder de una conversación*. También te servirá para la conversación que tienes agendada con Helen.

Yo también tengo una noticia. Oficialmente, soy abuelo. Ha nacido Oliver, el hijo de mi hija Alison, la que vive en Madrid. De hecho, la semana que viene iré a conocerle y me conectaré a nuestra videoconferencia desde allí. Ya está agendada para el 28 de mayo.

Oliver

22 de mayo | Copenhague | 20:06
Mensaje de texto

Buenas noches, Oliver.

¡Enhorabuena por tu nieto! Me parece un detalle tan bonito que le hayan puesto tu nombre... Ya me enviarás alguna foto.

Volviendo a nuestro *mentoring*, hay mucho de lo que hablar, pero prefiero dejar los temas más sensibles para la videoconferencia del 28 de mayo. De hecho, te propongo que la retrasemos al 30 y que nos encontremos en Madrid. Casualmente, había planeado una escapada de fin de semana para visitar a una amiga de Madrid de cuando estudié el MBA en el IE. ¿Te parece? Paloma ha sido recientemente nombrada directora del Hotel InterContinental y me ha dicho que tienen un desayuno espléndido.

En mi conversación con Helen, me sirvió mucho la charla en TED sobre *El poder de una conversación*. Especialmente, el modelo para preparar conversaciones difíciles basado en la capacidad de argumentar y en la capacidad para generar empatía. Te confieso que la cosa fue mucho más fácil de lo que yo me había imaginado. Tampoco es que nos hayamos hecho instantáneamente amigas del alma, pero ahora creo que podemos colaborar sin que salten chispas en cada interacción. Le propuse tomar un café y acabamos hablando durante casi dos horas. Hemos concluido que ella tiene un pensamiento convergente, mientras que el mío es más bien divergente. Y quizá esto explica buena parte de nuestras confrontaciones. Y también hemos descubierto que tenemos intereses comunes: lo último que me imaginaba es que a Helen ¡también le gusta bailar! En fin, esta experiencia ha sido todo un aprendizaje...

Con el que no he conversado ha sido con Bryan. Le dije que no estaba lista para hablar y que necesitaba tiempo para pensar. Hemos vivido como dos extraños en casa hasta que ayer me vine a Copenhague. He preferido poner el océano de por medio reorganizando mi agenda de viajes: la semana que viene iré a Berlín y a Madrid, y la siguiente, a Londres. Cuando regrese a Boston, el 4 de junio, ya veremos qué pasa.

Respecto a mis #*logros* de esta semana, el más importante, de lejos, ha sido la conversación con Helen. Y también he implementado casi todos mis compromisos de la competencia Cercanía. Menos el de Bryan... Lo sorprendente es que, de una manera natural, la cercanía me ha llevado al *feedback*, y ahora, en realidad, ya no sé cuál estoy trabajando exactamente. En cualquier caso, creo que ya estoy lista para empezar con la competencia Herramientas Digitales, y aquí te adjunto el proyecto para revisarlo contigo antes de enviárselo a mi *nueva amiga* Helen. A Andre ya se lo he enviado y su *feedback*, como siempre, me ha parecido muy *bacano*.

Sara | HERRAMIENTAS DIGITALES

AUTODIAGNÓSTICO: 4,4
(Escala: 1·4 Mal – 5·6 Regular – 7·8 Bien – 9·10 Excelente)

PROBLEMA / OPORTUNIDAD:
Uso el *e-mail* y WhatsApp como las principales herramientas de comunicación. Apenas conozco y uso Office 365. Respondo impulsivamente a las diferentes notificaciones que me llegan. Me encuentro permanentemente sobrepasada por la cantidad de información que recibo. La comunicación con mi equipo es intensa y caótica.

OBJETIVO GENERAL:
Lograr una sistemática de trabajo que me permita orquestar y agilizar el trabajo de mi equipo, y también poder dedicar más tiempo a dos responsabilidades que actualmente tengo arrinconadas en mi agenda por mi desordenada dedicación a la gestión del día a día: la estrategia y el desarrollo de personas.

OBJETIVOS ESPECÍFICOS:
* **Limpieza digital.** Plazo: la semana que viene.
* *Workshop*: **Nuevas reglas de colaboración digital.** Plazo: antes de final de mes.

MARCO DE TIEMPO: 90 días

IMPLEMENTACIÓN:
PLAN DE ESTUDIO:
* **YouTube | How to Use Microsoft Teams Effectively.** Leila Gharani
* **Digital Body Language.** Erica Dhawan
* **High-Impact Tools for Teams.** Alexander Osterwalder
* **Getting Work Done.** HBR Press
* **Managing Time.** HBR Press

DIARIAMENTE:
* **Limpieza digital.** Dedicar un día en exclusiva a limpiar mi *inbox*, a organizarlo en carpetas, a crear reglas para gestionar los *e-mails* que me llegan, a ordenar todos mis documentos, a sincronizar mi computadora y mi celular, a ajustar las notificaciones que recibo, a instalar las herramientas colaborativas de la empresa y a renovar mis contraseñas.
* *Workshop*: **Nuevas reglas de colaboración digital.** Dedicar medio día a definir con mi equipo qué herramientas colaborativas usar para diferentes necesidades de comunicación, estableciendo criterios claros y un modelo de seguimiento disciplinado.

SEMANALMENTE:
* No hacer *multitasking* en reuniones.
* Agendar un momento específico a lo largo del día para revisar las plataformas colaborativas.
* Agendar un espacio semanal para limpieza digital y organización de la información.

Una cosa antes de terminar: el martes tuve una reunión con el VP de Talento. Hablamos de mi proyección en la organización y mencionó que se está evaluando mi nombramiento como vicepresidenta comercial, ya que mi jefe está en proceso de prejubilación. Creo que, en general, me fue bien en la entrevista.

Le conté sobre cómo me está yendo en nuestro programa de *mentoring*. Se mostró muy interesado en conocer los detalles de la metodología. Aunque me parece que hubo algo que no le gustó: que compartiese vuestro modelo de Competencias de Transformación con mi equipo. Me dijo que les está costando mucho implantar el modelo de competencias oficiales de la organización y que no quieren que la gente se enrede. Para serte sincera, a mí, cuando me lo presentaron, me sonó bien, aunque algo estratosférico. El problema es que ni las recuerdo, a pesar de que están pintadas por las paredes de la oficina, quizá porque también están pintados la misión, la visión y los valores corporativos. Me parece *too much*. Ya sabes que a las empresas grandes les gustan las soluciones aparatosas y acaban introduciendo una complejidad innecesaria.

Quedo atenta a que me confirmes si te cuadra que desayunemos en el Hotel InterContinental el 30 de mayo. Me encantaría que nos veamos sin tecnología de por medio. Ya sabes que prefiero la interacción personal. El cara a cara.

Sara

22 de mayo | Punta del Este | 18:35
Mensaje de texto

Me parece muy bien, Sara. Nos vemos en Madrid el 30 de mayo a las 09:00. Tu conversación con Helen es un #*logro* sensacional. También te avanzo que tu proyecto de Herramientas Digitales está muy bien planteado.

Oliver

30 de mayo | Madrid | 09:00
Conversación en el Hotel InterContinental

—¿Sara?

—¡Oliver!, ¡qué alegría verte en persona!

—Igualmente. ¿Cómo ha ido tu viaje? ¿Nos sentamos por aquí?

—Muy bien, llevo unos diez días entre Copenhague y Berlín. Tenía muchas ganas de venir a Madrid. Me estoy quedando en casa de mi amiga Paloma, que vive aquí cerca, por Chamberí. ¿Y tú?

—En casa de mi hija Alison, en la calle Velázquez.

—Por cierto, ¡enhorabuena por el pequeño Oliver! ¿Cómo está?

—Muchas gracias. Está muy bien. Se adelantó unos días y nació muy chiquito, pero ya ha recuperado peso. Tengo aquí una foto.

—¡Me lo como! ¡Qué cosa más divina! ¡Y tu hija, qué linda!

—Salió a su madre. Bueno, tenemos varios temas para hoy.

—Así es. Y, en realidad, no sé muy bien por dónde empezar.

—Te ayudo. ¿Qué has aprendido de la conversación con Helen?

—Que me precipité al juzgarla. Que lo que me molestaba de ella, en el fondo, no eran sus defectos, sino sus virtudes.

—¿Por qué?

—Porque soy muy competitiva y mi tendencia natural es a mostrar las garras a quien suponga una amenaza.

—¿Y es Helen una amenaza?

—Quizá no, pero entramos juntas en la empresa y me incomoda que ella ya esté en el comité ejecutivo —a pesar de que no es vicepresidenta— y que tenga un acceso a Claus superior al mío, a pesar de que me avalan unos resultados de negocio que él ha calificado varias veces como extraordinarios; mientras que Helen sólo ha trabajado en áreas de soporte, como Finanzas y Riesgos. Dicho así, sin filtros, le tenía —o puede que aún le tenga— algo de envidia.

—Te felicito. Esta reflexión revela un nivel de madurez superior al que mostrabas cuando comenzaste el programa. ¿A qué crees que se debe?

—Más bien a quién: a Covey, a Aristóteles... Incluso a Agassi. En lo que llevo de programa he leído más que en los últimos cinco años. Esta dieta intelectual me ha hecho reflexionar y, además, ha alimentado mis conversaciones con Andre.

—Un día me gustaría conocerla. Parece muy sensata. Y muy buena amiga.

—Te encantaría, ¡Andre es lo máximo!

—¿Y con Bryan no conversas de estos temas?

—...

—¿Es eso un no?

—Al principio, sí. Pero desde hace un tiempo... No sé, yo le veo tan metido en su hospital, en su vida... Es como que ya no tenemos mucho en común.

—Lo comprendo. No conozco un matrimonio que no haya pasado alguna vez por algo así.

—¿Incluido el tuyo?

—Incluido.

—¿Y cómo se supera eso, con terapia?

—Supongo que depende de cada caso. A veces, basta con un buen amigo que te escuche y que te diga también lo que no quieres oír.

—¿Como qué?

—Que tal vez tú has traído a casa buena parte de las piedras con las que tu pareja y tú estáis construyendo ese muro que os separa. O al menos, más de las que creías.

—Define piedra.

—Excesiva dedicación al trabajo, poca conversación, aislamiento digital, tú ves tus series y yo las mías...

—En esas cuatro ponme un *checked*.

—Está al alcance de tu mano quitárselo y ponérselo a volver a conversar, a hacer planes especiales, a rediseñar juntos el proyecto de familia…

—¿Algo así como un *offsite* de «planeación estratégica» con tu pareja?

—Válido. Pero, al igual que un buen *offsite*, hay que prepararlo desde antes.

—¿Cómo?

—Con nada espectacular. Con pequeños detalles. Cada día.

—¿Aunque no te apetezca nada?

—Eso le da aún más valor. Más amor, si prefieres.

—…

—¿Qué te pasa, Sara?

—Que ya tengo más de treinta llamadas perdidas de Bryan.

—Quizá sobreactuaste en el Mandarin Oriental.

—¿Tú crees?

—Como dice un buen amigo: «A ese problema le falta una conversación». Dale la oportunidad de explicarse. Puede que se trate de algo serio o puede que ni te alcance el presupuesto para la película que te montaste tú sola…

—Ja,ja,ja… Lo pensaré.

—Sara, tal vez tendrías que replantear tu proyecto de cercanía con Bryan.

—Sí, claro. Tú lo resuelves todo con proyectos. Y *tooodo* lo ves muy fácil.

—Sé por experiencia que no lo es.

—De acuerdo. Entonces necesito que me hables de tu experiencia.

—Podría desconcertarte.

—No me importa.

—¿Estás segura?

—Al cien por cien.

—De acuerdo, Sara. Lo que voy a hacer no tiene vuelta atrás. Y lo que voy a contarte no es particularmente edificante.

—Soy toda oídos.

—Hace muchos años, me ofrecieron la oportunidad de trasladarme a Miami para llevar desde allí la expansión por Latinoamérica de la empresa en la que trabajaba entonces. En aquella época vivíamos en Londres, y a Valentina le pareció una gran oportunidad, entre otras cosas, para estar algo más cerca de sus padres e ir a visitarlos con más frecuencia a Uruguay. Así que nos pusimos a organizar nuestra nueva vida en Miami: alquilamos una casa en Key Biscayne, encontramos un colegio, contactamos con algunos amigos que vivían allí... Desde fuera, todo parecía excelente. Pero en aquellos años, como consecuencia de un dramático suceso familiar, yo estaba roto por dentro. Mi corazón no estaba en Valentina. Lo tenía centrado en mi trabajo y, a la vez, desparramado en pequeñas —y a veces grandes— aventuras con compañeras de trabajo o de otros contextos.

—Esto sí se está poniendo emocionante...

—Llegó el día en el que yo tenía que mudarme a Miami y, tal como estaba previsto, unos meses después vendría el resto de la familia. Ese día, justo antes de embarcar en Heathrow rumbo a Miami, envié un *e-mail* a mi última «aventura», diciéndole que lo que habíamos vivido en las últimas semanas era lo más extraordinario que le había pasado a mi corazón. Y prometiéndole que encontraría la manera de que pudiésemos emprender una vida juntos. Horas después, ella me contestó conmovida, pero la manera en que me enteré de su respuesta fue francamente humillante. Me había dejado el iPad en mi casa de Londres y Valentina andaba buscando algo cuando le apareció una notificación de nuevo mensaje en mi Hotmail.

—*Oh my God...*

—Cuando andaba esperando mi equipaje en el aeropuerto, Valentina me llamó, me leyó los *e-mails* y me dijo, con una serenidad sobrecogedora, que se sentía profundamente decepcionada. Los siguientes meses fueron de caída libre.

—Me lo imagino.

—Un día estaba cenando con un buen amigo en el restaurante Rusty Pelican, ubicado en Key Biscayne, con vistas —al otro lado de la bahía— al *downtown* de Miami. Fue una conversación muy cruda. Me dijo exactamente lo que pensaba: que me había vuelto adicto al *fast-food* emocional, que mi fuerza de voluntad estaba muy debilitada y que vivía tan centrado en mí mismo que no era capaz de darme cuenta del daño que estaba causando a Valentina y a mis hijas.

—Ese amigo tuyo se parece mucho a Andre.

—Ya lo creo. Y me retó a pedirle perdón a Valentina y a dejarme la vida en reconquistar su corazón. A mí me parecía una tarea tan titánica que sobrepasaba mis fuerzas completamente. En aquel período de mi vida, había roto más cosas de las que me iba a dar tiempo a arreglar... Entonces él me preguntó: «¿Eres capaz de lanzarte ahora al agua, cruzar la bahía nadando y llegar hasta el *downtown*?». Mi respuesta fue un no categórico. «¿Y serías capaz —insistió— de llegar nadando solo hasta ese poste de madera que está como a unos trescientos metros?». «A ese sí», le dije yo. «Lánzate —me dijo él— y, cuando llegues allí, te preguntas si tienes fuerzas para nadar hasta el siguiente poste».

—Muy hábil tu amigo.

—«Empieza por cortar de inmediato y radicalmente con esa relación —me propuso— y, cuando llegues allí, ve a pedir perdón a Valentina. Y, más adelante, descubrirás lo siguiente que has de hacer».

—¿Y ella te perdonó?

—Le tomó su tiempo. Pero cuando lo hizo, lo hizo completamente. Me regaló una mochila y me dijo: «Empezamos un nuevo viaje. Con la mochila vacía, aunque con más experiencia».

—Perdona, Oliver, pero no entiendo. ¿Cómo se puede perdonar algo así? ¿Y así de rápido?

—A la primera pregunta, la respuesta más precisa es que Valentina es una mujer extraordinaria. A la segunda, te diría que el perdón es un proceso. Y, a veces, perdonar a otro es sorprendentemente más fácil que perdonarse a uno mismo. A mí me llevó bastante tiempo. En aquellos años hice un máster en miserias humanas...

—¿Y qué te sirvió para lograrlo?

—A mí, el perdón incondicional de Valentina me dejó tan desarmado... Un día me recomendó un libro: *Heridas en el corazón. El poder curativo del perdón*, del Dr. Schlatter. Y ese día comprendí que ella ya estaba lista. Que sólo faltaba yo por levantarme del barro.

—Estar lista. Ojalá fuera tan fácil como suena...

—Ojalá.

—...

—Sara, tú tienes algo ahí.

—¿Aquí, en la blusa? ¿Dónde? No lo veo.

—No. Ahí dentro. En el corazón.

—¿Qué quieres decir?

—¿Qué te pasa con tu madre?

—...

—¿Qué te pasa, Sara?

—Me había prometido no abrir nunca esta caja... en toda mi vida. La había enterrado en el fondo del mar, lejos de la costa, a la máxima profundidad, como si se tratara de un material radioactivo extremadamente peligroso. Y ahora, de repente, es como si las corrientes marinas la hubieran acercado hasta la costa y el océano la hubiera golpeado contra las rocas hasta romperla, y apenas han bastado unas pocas olas para dejarla abierta en la orilla, rota, expuesta... Mi madre... ¡Dios!

—Aquí tienes un pañuelo.

—…

—Tómate tu tiempo.

—Ya estoy… Gracias.

—¿Qué te pasa con tu madre, Sara?

—Supongo que ahora me toca a mí. Yo tuve la inmensa suerte de criarme en una de las fincas más bonitas de Llanogrande, un lugar precioso al que suben muchas familias de Medellín a pasar el fin de semana. Allí vivía con mis padres, mi hermano y mi abuela, que en realidad era la dueña y el alma de aquella finca. Allí también pasábamos las Navidades y las vacaciones. A mí me encantaba salir temprano a pasear a caballo con mi abuela, y también ir a ver los cultivos de flores. Ella me enseñaba el nombre de todas. Y también les ponía apellidos: «Parece que las orquídeas presumidas hoy no se han despertado», o «estas dalias desconchifladas son la cosa más hermosa…». Era muy *paisa* mi abuela. Ella trabajó sin parar toda su vida y se ganó esa finca con el sudor de su frente. Sin embargo, mi madre lo heredó todo, menos esa genética trabajadora. Gastaba como si no hubiese un mañana y se entregó a una vida desarreglada, con todas las comodidades y con todas las frivolidades. Mi abuela sufrió mucho con su hija y, cuando se nos fue, nos dimos cuenta de que sólo ella era capaz de contenerla. Cuando mi madre se pasaba con la bebida, mi abuela la enviaba a la casa de invitados y nos prohibía que nos acercáramos, con un escueto y severo «mamá está indispuesta». Eso significaba que no la veríamos hasta el día siguiente, que solía pasarlo en cama. A veces se encontraba tan mal que había que llamar al doctor. Mi abuela murió cuando yo tenía doce años. Cuando cumplí quince, mi madre organizó una fiesta de la que se habló en toda Antioquia. Hasta trajo desde Miami a un cantante de moda. Vinieron como doscientos invitados y yo me sentía como la reina de Saba. La fiesta avanzaba según el despliegue previsto y yo, francamente, perdí de vista a mi madre por un par de horas. El problema fue cuando reapareció en mitad de la fiesta, completamente borracha y medio desnuda, delante de los invitados y —lo que fue aún peor— delante de mis amigas. Primero sentí una humillación insoportable y, después, una mezcla de pena y desprecio.

—Puedo imaginarlo.

—Desde entonces, mi relación con ella se deterioró progresivamente y, el día que cumplí dieciocho años, puse tierra de por medio y me fui a estudiar la carrera al Tec de Monterrey. Al principio, sólo volvía a casa en Navidad, esa fiesta que o eleva el espíritu de la gente o les hunde en la miseria, según les vaya con su familia. Pero, desde que me casé con Bryan, ya ni voy.

—¿Y tu padre y tu hermano cómo están?

—Mi padre siempre estuvo refugiado en su trabajo y ahora vive refugiado en el golf. No le culpo. La salud de mi madre se fue complicando cada día más y ahora vive en la casa de Medellín, atendida noche y día por dos cuidadoras. A veces, cuando se salta la medicación o bebe más de los límites que el médico le ha impuesto, toca ingresarla por unos días. Mi hermano vive en Bogotá con su familia y va a verla algunos fines de semana.

—¿Y tú?

—La última vez fue hace seis años.

—…

—Ya sé lo que me vas a decir. Pero… no, gracias.

—¿Por qué?

—En primer lugar, porque no me apetece nada. Y, en segundo lugar, porque, en el caso de que fuese a verla, me faltaría tiempo para decirle todo lo que quiero decirle.

—Y si sólo tuvieses sesenta segundos para hablar con ella, ¿qué le dirías?

—…

—Quizá podrías empezar por darle las gracias por todo lo bueno que te ha dado. Eso incluye tu propia vida.

—Y ahora me pedirás que le regale una mochila.

—Más bien, que seas comprensiva con el deterioro que produce una adicción como el alcoholismo y el infierno en el que viven los que caen en él.

—De eso no tengo duda. ¿Algo más?, me quedarían unos veinte segundos.

—Todos tuyos.

—…

—Sara, ¿qué le dirías a tu madre en esos últimos veinte segundos?

—Quizá, algo sobre cómo me he portado yo con ella. ¿Cómo se titulaba el libro que te recomendó Valentina?

—*Heridas en el corazón.*

—Tengo de ésas.

—Sara, se nos ha ido el tiempo y no hemos hablado de tu proyecto de Herramientas Digitales, pero sólo tengo un comentario.

—¿Cuál?

—Está muy bien diseñado: impleméntalo con algo más de disciplina de la que ya has alcanzado en las últimas semanas.

—¡Eres incorregible!

—No es cierto. Gracias a Dios, lo fui. Si no, Valentina me hubiera dejado.

—Buen punto. ¿Y qué me recomiendas para desplegar el rol de mentora con mi equipo?

—*Mindsight*, de Daniel Siegel. Es un libro que te ayudará a conocerte y a conocerles más rápido y con más profundidad. Trae herramientas muy prácticas para transformar conductas ancladas con los años o para deshacerse de esos miedos irracionales que, a veces, nos atormentan y nos bloquean.

—Otro libro que parece escrito para mí.

—Espero que lo disfrutes.

—Y tú de tu nieto. No quiero robarte más tiempo.

—Gracias.

—Chao.

4 de junio | Boston | 23:03
Mensaje de texto

Buenas noches, Oliver.

Recién llegada a Boston, tengo tres novedades. La primera es que esta tarde he intentado tener una conversación con Bryan y no ha salido como yo esperaba... Él me asegura que no tiene nada con Jenny, sólo una amistad. Dile a tu amigo que «a este problema no le falta una conversación, sino varias». La segunda es que acabo de comprar un pasaje a Medellín. Y la tercera es que lo que me descubriste sobre mi madre en el corazón ahora me ha bajado al estómago. En forma de nudo.

Sara

(Cuatro meses después)

16 de octubre | Copenhague | 19:50
Mensaje de texto

Buenas noches, Oliver.

Hoy se cumplen ocho meses desde que empecé el programa. ¡Qué rápido ha pasado el tiempo! Me parece increíble que en un mes terminemos... Te cuento mis *#logros* de esta semana:

- Respecto a la competencia Diagnóstico & Decisión, ya me terminé el libro *Pensar rápido, pensar despacio*, de Daniel Kahneman. Claramente, tengo el desafío de domesticar el sistema *#1* de mi cerebro (automático e impulsivo) fortaleciendo el músculo de mi sistema *#2* (consciente y enfocado). Para ello, estoy siguiendo el ejercicio de *reframing* que explica el Dr. Majeres en su vídeo *Optimal Work*. Lo encontré en YouTube.
- Mi equipo está entusiasmado con el taller de *#autodesarrollo* que tuvimos el lunes en Berlín y con la dinámica que hemos montado para compartir aprendizajes en la herramienta *Spaces* de Google. Me parece tan chévere que el proceso de autodesarrollo sea colaborativo, que podamos compartir en equipo nuestros retos, las competencias que hemos elegido trabajar, los *#logros* que

vamos alcanzando, los recursos de aprendizaje (libros, documentos, vídeos, *podcasts*, *apps*, etc.) que a cada uno le están sirviendo... Realmente, creo que este nuevo modelo de gestión del talento hay que exportarlo al resto de la organización. De momento, mi equipo ha empezado con mucha *#cabeza* y *#corazón*. Pero estoy muy atenta a qué pasa la semana que viene, para dar un toque de atención a quien le cueste bajarlo a las *#manos*. Ya saben que «la transformación duele». En cualquier caso, aunque mi equipo está entusiasmado, yo estoy tratando de disimular mi vértigo, porque es la primera vez que me lanzo a facilitar un taller sobre un tema que se sale de mi área de *expertise*.

- No sé si cuenta para nuestro programa, pero Bryan me ha tomado como su mentora de Herramientas Digitales y me pasé la tarde del sábado enseñándole a instalar y a usar las nuevas plataformas colaborativas que han presentado en su hospital. Por cierto, sigue haciendo sus mejores esfuerzos por reconquistarme: me envía mensajes durante el día, me llama a la oficina y hasta me deja notas en la nevera...

La semana que viene me veré en Boston con el vicepresidente de Talento Humano. Ésta es la reunión clave. Ya te contaré.

Sara

17 de octubre | Punta del Este | 12:32
Mensaje de texto

Buenos días, Sara.

Hoy sábado tenemos un delicioso tiempo primaveral en Punta, y Valentina y yo hemos aprovechado esta mañana para salir a pasear con los perros por Playa Brava.

He preferido no esperar al lunes para decirte que no imaginas cuánto me alegran tus #*logros* de esta semana. Particularmente, que te hayas lanzado a implantar nuestra dinámica de #*autodesarrollo* con tu equipo. En estos meses has avanzado a muy buen ritmo y, ahora que el programa está a punto de terminar, ya estás lista para replicarla.

Buena suerte en tu reunión con el VP de Talento Humano.

Oliver

22 de octubre | Boston | 11:44
Mensaje de audio

¡Maldita sea, Oliver! ¡No puedo más! En los últimos ocho meses he trabajado en mi autodesarrollo como no lo he hecho en toda mi vida: puse a raya mi disciplina con Habitify; estoy durmiendo más de siete horas al día; estoy juiciosa saliendo a correr tres veces por semana; no como entre comidas; se acabaron los atracones de chocolate; me bajé de Netflix; me subí a Audible; he leído casi veinte libros, desde el de tu amigo Aristóteles —que no es precisamente una lectura de peluquería— hasta *Crimen y castigo* de Dostoievski; me he visto ni sé cuántas charlas TED y en You-Tube; desarrollé un proyecto sobre Cercanía; otro sobre Herramientas Digitales y otro más sobre Diagnóstico y Decisión; y he dado más *feedback* que en *toooda* mi carrera profesional. Pero no estoy haciendo un listado exhaustivo. No, no. Hay mucho más que ha pasado estos meses. He salvado la relación con Bryan —que, si no fuera por todas las conversaciones que abordamos, ahora cada uno viviría por su cuenta, como perfectos desconocidos—, aunque, para ser justa, él también está poniendo de su parte y tiene una paciencia bíblica conmigo. La relación aún anda lejos de estar en *flow*, pero ahí vamos... Luego está el capítulo de mi madre, que no te imaginas el tamaño del nudo que yo tenía dentro. Y aún me parece un milagro que nos reconciliáramos y que pudiese acompañarla en sus últimos días... ¡Ay, pobrecilla! ¡Me dio tanta pena verla irse tan en los huesos, tan consumida, con ese hilillo de voz que le quedaba y con el que me dijo cosas tan hermosas antes de apagarse...! ¡Dios!

(...)

Diculpa que me emocione... Han sido meses tan intensos... Ha sido como una carrera de larga distancia, pero siempre con la vista en la meta, sin concederme un respiro, subiendo el ritmo cada semana, hasta que se convirtió en un *pum-pum-pum* constante que primero empezó en mi cabeza, luego me bajó al corazón y ahora me sale por las manos, con esa naturalidad que te dan los hábitos, que parece que todo se hace sin esfuerzo, pero yo sé —y sé que tú también sabes— que me he dejado la vida en este programa... Como para que ahora venga el VP de Talento Humano a decirme —con un paternalismo insoportable—que valoran mucho mi esfuerzo, que están muy contentos con mis resultados y con las ventas, pero que aún no me ven como vicepresidenta, que han decidido traer a alguien de fuera, y que, de parte de Claus, muchas gracias por todo, pero que no me preocupe, que me siguen viendo con mucha proyección... como *high-potential*.¡Y una mierda!

(...)

Oliver, hemos fracasado. ¡Los dos! Todo este esfuerzo para ganarme el *seniority* y ser vicepresidenta no ha servido *pa-ra na-da*. ¿Y sabes qué?, ya me cansé, ya tuve suficiente, me ha costado demasiado cara esta lección, pero la he aprendido en mi propia piel y se me ha quedado grabada a fuego. El mundo corporativo es así. Desagradecido y frío. Frío como un pez. Así que, con esa misma frialdad, mañana por la mañana iré a presentar a Claus mi carta de renuncia. Voy a redactarla esta noche. ¡Maldita sea!

22 de octubre | Boston | 22:09
Mensaje de texto

Buenas noches, Oliver.

Antes de escribir mi carta de renuncia, quería pedirte perdón por el mensaje que te dejé esta mañana. Estaba muy ofuscada, recién salida del despacho del VP de Talento Humano. Yo sé que tú no tienes la culpa. Tú no te mereces que te hable así, después de todo lo que has hecho por ayudarme en estos meses... Sólo quiero que entiendas que estoy profundamente decepcionada con mi empresa. Me siento como si mi carro se hubiese salido de la carretera por una curva mal señalizada y dado diecisiete vueltas.

Sara

23 de octubre | Punta del Este | 06:09
Mensaje de audio

Buenos días, Sara. Esta noche no he dormido bien. Me he despertado varias veces. Ha sido algo extraño. Estaba inquieto sin motivo... hasta que he visto tus mensajes mientras hacía café. Hoy, en vez de escribirte, he preferido bajar con los perros a la playa y, desde aquí, sentado en la arena esperando a que el sol se asome tras el océano, quiero contarte algo que me atormenta desde hace catorce años... Yo no tengo solo dos hijas. Tengo tres. Oliver, el mayor, ahora tendría veintiocho. Fue el primero que vino. Nuestro muchacho. Se parecía a mí por fuera y a Valentina por dentro. Dosificaba sus palabras y su afecto, pero su corazón estaba lleno de vida. Le gustaba la aventura, aunque no compartirla con cualquiera. Con frecuencia traía a dos amigos a casa y se encerraban en la buhardilla a fabricar inventos y a planear viajes sobre los mapas con los que había cubierto toda una pared. Y ahí se pasaban horas clavando chinchetas de colores para identificar refugios donde esconder víveres o guarecerse. Su otra gran afición era leer. Todas las noches, antes de acostarme, me tocaba ir a apagarle la luz y quitarle cuidadosamente el libro de las manos. En el colegio iba bien. Tenía un expediente impecable, aunque quizá más debido a su cabeza que a sus codos... Era tranquilo, hasta que, de repente, alguien tocaba la tecla inadecuada y despertaba al monstruo. Un día se enfrentó a dos muchachos tres años mayores que él porque se habían reído de su hermana Claire. Vino a casa con la nariz sangrando, pero sin quejarse, orgulloso de haber defendido a mi hija de dos fanfarrones. Alison y Claire sentían una mezcla de admiración y de miedo por su hermano mayor: él tenía una increíble capacidad de persuadirlas para que probaran sus inventos. Ya te imaginarás cómo acabó la casa de muñecas colgante, en la que aún no me explico cómo logró convencerlas de que se

118

metiesen. Valentina tenía una relación muy especial con Oliver, muy íntima. A mí me admiraba. Pensaba que yo era alguien importante porque viajaba mucho. Me imploraba que le llevase en mis viajes de trabajo y le prometí que, al cumplir catorce años, vendría conmigo. En aquella época, yo andaba trabajando en un proyecto en Suiza, así que planeamos una excursión de fin de semana a los Alpes. Alquilamos una pequeña casa cerca de la aldea de Grindelwald, ubicada frente al Eiger, una imponente montaña de casi cuatro mil metros de altitud. Fue a principios de marzo. El valle estaba completamente nevado. Oliver venía entusiasmado porque era la primera vez que viajaba solo con su padre y, además, a la montaña. Llegamos a la casa el viernes y los dueños nos recibieron con la chimenea encendida y una cena fabulosa. El sábado hicimos esquí de travesía y el domingo nos levantamos temprano para subir a la base del Eiger. Lo suficiente como para contemplar el valle desde arriba y despedirnos de él antes de emprender el regreso. Luego fuimos a la casa a recoger nuestro equipaje y a despedirnos de la familia y, a eso de las cuatro de la tarde, partimos. Habíamos alquilado en el aeropuerto de Zúrich un 4 x 4, bien equipado para carreteras de montaña, y las máquinas quitanieves habían hecho un trabajo impecable. Como íbamos bien de tiempo, decidimos ir por carreteras secundarias para disfrutar del paisaje. Debíamos de llevar algo más de media hora de trayecto cuando le pedí a Oliver que pusiera el CD con la música que había grabado para el viaje. Me dijo que la tenía atrás, en la mochila, y le indiqué que fuese a alcanzarla. Desde el asiento de atrás me pasó el CD y me dijo: «Éste lo grabé con tu música para el viaje de regreso». Me distraje un segundo poniéndolo y, al levantar la vista, me encontré en el carril contrario, a pocos metros de un camión. Giré bruscamente el volante, nos salimos de la carretera, el auto dio no sé cuántas vueltas y, cuando se detuvo, Oliver no estaba a mi lado. Salí como pude, gritando «¡Oliver!, ¿dónde estás?, ¿estás bien?, ¡Oliver!». Pero sólo el valle me devolvía mis propias palabras con un frío eco. Traté de subir hacia la carretera, saltando de roca en roca, hasta que primero vi su sangre empapando la nieve, como en cámara lenta, e inmediatamente le vi a él, como si estuviera dormido... El motor del auto se había detenido, pero, por una ironía entonces inexplicable, sonaba *The Long and Winding Road*.

(...)

Sara, estoy seguro de que ahora me creerás si te digo que sé cómo te sientes con la noticia que te han dado. En Boston vais una hora por detrás y probablemente escuches mi mensaje en el metro, rumbo a la oficina. Presta toda tu atención a lo que voy a decirte ahora: rompe esa maldita carta, tírala en la primera papelera que veas, al entrar en la oficina da los buenos días a quien te encuentres, luego ve a tu despacho, abre tu computadora, mira qué tienes en la agenda y dedícate todo el día a servir a tu equipo, a tus colegas y a tus clientes. Con toda humildad, pero como si fueses la dueña de la empresa. Luego, descansa el fin de semana con Bryan y, la semana que viene, me cuentas cómo le está yendo a tu equipo con su autodesarrollo. A partir de ahora, sus logros serán también tuyos.

28 de octubre | Boston | 07:11
Mensaje de texto publicado en la plataforma

Bueno días, Oliver.

Lo hice. Al salir del metro en Park Street no sólo rompí la carta, creo que yo también me rompí por dentro.

El lunes comunicaron cambios en la organización. A Helen le han creado una nueva vicepresidencia. Fui a darle la enhorabuena. Ya todos saben que mi acelerada carrera en la empresa se ha salido por una curva de esta *long and winding road*.

Oliver, siento con toda mi alma haberte hecho revivir el accidente... Yo no tengo fe. O si la tengo, estará guardada en algún baúl en la finca de mi abuela. Pero desde hace unos días tengo una certeza más sólida que esta mesa: tu pequeño Oliver me está ayudando desde allá arriba, donde quiera que esté. Yo le hablo y me escucha. Puedo sentirlo. De un modo inefable.

Hoy he venido temprano a la oficina. Tengo una ronda de llamadas con mi equipo para ver cómo van con sus planes de autodesarrollo. Voy a necesitar toda la energía.

Sara

28 de octubre | Punta del Este | 22:51
Mensaje de audio publicado en la plataforma

Sara, ahora soy yo quien necesita alguna clase de ayuda. Todo esto, de repente, ha vuelto a romperme en pedazos... Esos que creía sólidamente pegados como por un pegamento de contacto: juntas las piezas, aprietas fuerte, uno, dos, tres y, ¡zas!, ya quedan unidas para siempre, como si nunca se hubieran roto... Sara, yo tampoco tengo fe. Siempre he sido agnóstico de todo lo que no sea mi capacidad para resolver los problemas. De hecho, mi agnosticismo es proporcional a la fe de mi esposa. Valen tiene la casa llena de fotos de nuestro hijo y dice que le habla, que lo siente presente de una manera —qué sé yo— mística. Al igual que le reza a Jesús y a la Virgen María, ella también le habla a Oliver. Y yo la amo —¡le debo la vida!—, la respeto, pero no entiendo nada... ¡Nada! Quizá nunca he querido entenderlo. Pero ahora tú, así, de repente, como algo que cae del cielo, sin avisar, y está a punto de aplastarte, me dices que estás hablando con mi

Oliver... Con mi pequeño... Dios mío... Sara... No puedo seguir hablando... Perdón...

30 de octubre | Boston | 19:11
Mensaje de audio publicado en la plataforma

Buenas tardes, Oliver. Acabo de llegar a casa. Ayer fue un día muy intenso y, hasta ahora he escuchado tu mensaje. Me ha conmovido... Entre tus pedazos y los míos, esparcidos por el suelo, parece que un niño ha estado jugando con todos sus juegos, distraído, sin ninguna intención de volver a guardar cada uno en su caja. Pero ahora que lo pienso, algunos de tus pedazos me sirven si los ensamblo con los míos. Y quizá en eso consiste la amistad, en intercambiarse pedazos. Como niños que intercambian cromos. Oliver, yo sigo avanzando con mi plan: olvidarme de mi fracaso y centrarme en servir a mi equipo, a mis colegas y a mis clientes. Pero avanzo a ciegas, como cuando te levantas por la noche y no quieres encender la luz para no espabilarte, y vas palpando las paredes y, al volver, te metes en la cama en la misma postura, para que el sueño no se te vaya. Y tengo una pesadilla recurrente, en la que aparece todo el comité ejecutivo riéndose de mí a carcajadas, a pierna suelta, casi cayéndose de sus sillones, cuando entro por error en la sala de juntas y el VP de Talento me dice que me he equivocado de reunión, que la de *high-potentials* es en el piso de abajo. Mejor te ahorro lo que le digo, porque ahí es donde suelo despertarme, agitada, y Bryan me pregunta si estoy bien y yo le respondo que se calle, pobre, como si él tuviese la culpa... Pero ahí sigo, gestionando el negocio y acompañando a mi equipo en su proceso de autodesarrollo. Esta semana me han enviado sus primeros proyectos y ando dándoles *feedback*. Aunque hay dos que no lo han hecho y tengo pensado enviarles el lunes un mensaje «bomba» como el tuyo, diciéndoles que si no están dispuestos a

122

trabajar con disciplina pueden bajarse del programa. Me miro a mi misma un año atrás y me pregunto: ¿será que estoy superando mi *juniority*? Oliver, ya te estoy empezando a echar de menos y todavía no hemos terminado nuestro *mentoring*, aunque ya sé exactamente lo que me vas a decir en tu próximo mensaje: nuestra última videoconferencia ya está agendada para el 11 de noviembre. No queda nada… ¡Dios!

3 de noviembre | Punta del Este | 08:12
Mensaje de texto publicado en la plataforma

Buenos días, Sara.

En primer lugar, disculpa el atrevimiento de mi último mensaje. No debí enviártelo. Me salté nuestra metodología.

Efectivamente, te confirmo que nuestra última videoconferencia ya está agendada para el 11 de noviembre. Y en ese caso, por diseño, seguiremos un esquema de *debriefing*, un formato que ayuda a centrarse en los aprendizajes esenciales y a anclarlos. Para que puedas ir preparándote, te avanzo esta pregunta: ¿qué te llevas de este programa?

Por otra parte, te sugiero que no envíes esos mensajes «bomba». Ya tienes suficiente cercanía con ellos como para llamarles y preguntarles por qué no han cumplido su compromiso de publicar sus proyectos en la plataforma. Escúchales con atención. Si la respuesta de alguno tiene que ver con la fragilidad humana del que lo entiende (cabeza) y lo quiere (corazón), pero no ha encontrado el momento de hacerlo (manos), ayúdale a pactar una nueva fecha de entrega. Lo antes posible. Pero quizá te encuentres con alguno que prefiera ir por libre, sin el compromiso de publicar sus #logros. Con frecuencia, se trata de personas muy orientadas a la operación, con perfil técnico y con poco

123

interés en el equipo. Un síntoma habitual es que no mantienen conversaciones estratégicas con sus pares: prefieren «cocinarlo» todo directamente con su jefe. A éstos conviene ayudarles a entender que se están autoimponiendo un techo de gestor y que el programa de autodesarrollo que estás implantando, con su dinámica de aprendizaje colaborativo en equipo, les presenta una oportunidad magnífica de contribuir al equipo no sólo desde su conocimiento técnico. Si tras un par de conversaciones más, razonablemente espaciadas en el tiempo, prefieren seguir yendo por libre, entonces es el momento de invitarles a bajarse del programa y, en algún caso —que tendrás que valorar con prudencia—, a bajarse también de tu equipo.

Ésta es la última semana del programa y toca poner las últimas piedras. Quedo a la espera de que publiques tus #*logros* el viernes.

Una cosa más. Creo que es el momento de que leas *Invencible*, de Laura Hillenbrand. Te servirá para afrontar los próximos meses.

Oliver

6 de noviembre | Londres | 21:12
Mensaje de texto publicado en la plataforma

Buenas noches, Oliver.

Dado que éste es el último mensaje escrito que publico en la plataforma, me tomo la licencia de decirte que así como a mí —a lo largo de estos nueve meses— seguir la metodología me ha transformado como líder y como persona, creo que a ti te iría bien saltártela alguna vez. Aunque te sorprenda, tus momentos de divergencia han sido un contrapunto francamente inspirador.

Te resumo los dos *#logros* más destacados de esta semana:

- Estoy leyendo el libro de Mark Divine que me recomendaste hace unos meses, *Pensar como los mejores guerreros*, y me ha parecido un auténtico descubrimiento la importancia que los Navy Seals dan al manejo de la respiración. Conclusión rápida: aunque es casi humillante darme cuenta a estas alturas de la vida de que no sabía respirar, la técnica que he aprendido me está sirviendo para tener el cerebro más lúcido y un estado de ánimo más sereno. Como objetivo específico, me he propuesto aplicarlo antes de cada reunión y antes de cada conversación. De momento, tengo un éxito del veinte por ciento. Por cierto, ya he puesto *Invencible* en mi *wish list*.
- También he revisado todos los proyectos de competencias de cada persona de mi equipo. Excepto el de uno, Frank, que ya se ha excusado un par de veces por no habérmelo enviado. Dice que anda con mucho trabajo y que, aunque el autodesarrollo le parece un tema importante, prefiere manejarlo por su cuenta, sin necesidad de publicar *#logros* en nuestra plataforma. Siguiendo tu recomendación, ayer conversé con él, le di mis argumentos para que trabaje su autodesarrollo colaborativamente con el resto del equipo, le dije que los pensase y que, dentro de un mes, veremos cuánto ha avanzado por libre.

Ya estoy preparando mis reflexiones para el *debriefing* final. Me conectaré desde Copenhague.

Sara

11 de noviembre | Copenhague – 19:00 | Punta del Este – 14:00
Videoconferencia

—Hola, Oliver, ¿cómo estás?

—Muy bien, Sara. Veo que andas de gira otra vez.

—Así es, mañana viajo a Berlín para estar cerca de mi equipo. Y de nuestros clientes.

Quizá debería moverme más por la oficina corporativa, pero, como comprenderás, en estos momentos no es mi prioridad.

—Lo comprendo. Y aunque suene contraintuitivo, si sigues manteniendo esas prioridades, es muy posible que los resultados —y no me refiero sólo a los de negocio— acaben abriéndote el camino a nuevas responsabilidades en tu organización. O tal vez en otra.

—Quién sabe. Me temo que en esta no tengo mucha más oportunidad para crecer.

—Si hay algo que has hecho en estos meses ha sido crecer, Sara.

—Desde luego, no en las últimas semanas.

—En las últimas semanas probablemente has crecido más que en todo el programa. Pero por dentro.

—No entiendo, ¿qué quieres decir?

—Te está pasando como a esos árboles de alta montaña que, cuando llega el invierno y la nieve se amontona en sus ramas, no pueden nutrirse a través de la fotosíntesis y buscan el alimento extendiendo sus raíces entre las rocas. Y son precisamente esas raíces fuertes las que les permiten mantenerse firmes bajo los rayos y las tormentas. Pero cuando llega la primavera, que siempre llega, son un despliegue de flores y de frutos.

—Ojalá pueda invitarte un día a esa fiesta de primavera. Por ahora, sólo siento que este proceso de duelo profesional ha cobrado una vida propia que me está removiendo por dentro, mis creencias, mis expectativas... Incluso mis prioridades.

126

—¿Por ejemplo?

—Bryan estaba muy abajo y, poco a poco, va subiendo. Estoy empezando a creer que no me fue del todo infiel, que quizá sólo tuvo un exceso de confianza con esa Jenny. Que reaccionó como cualquier corazón náufrago, tan desesperado como para beber del agua más cercana, la del mar, la que no le conviene, la que le sienta mal... Y yo, mientras tanto, andaba lejos, en mi propio naufragio, demasiado ocupada en mi proyecto, con mis viajes, con mi carrera imparable... Creo que estamos en transición.

—Me alegro mucho, Sara. Parece que es hacia algo mejor. ¿Y qué más te llevas de este programa? Entremos en el *debriefing*.

—De acuerdo. Me lo he preparado. Traigo diez conclusiones. Seguramente, nada te sonará a nuevo. Lo importante es que, para mí, estas claves ya están dentro. Las he vivido.

—Soy todo oídos.

—Uno. Yo soy la principal responsable de mi autodesarrollo. Talento Humano podría ser un *partner* que me apoye. Y mi jefe, un mentor que me guíe y me rete, si tiene cualidades para ello.

—Bien.

—Dos. Como líder, yo también soy responsable del desarrollo de mi equipo. Y esta responsabilidad no puedo delegarla en Talento Humano. Pero nadie da de lo que no tiene: para poder ser un mentor de algo hay que haberlo aprendido antes.

—Muy bien.

—Tres. Sin método, el ritmo de aprendizaje es muy lento y, probablemente, inconstante. Pero debe ser sencillo, una cualidad infrecuente en organizaciones grandes, que tienden al *over-engineering* y a crear una complejidad innecesaria.

—Interesante.

—Cuatro. La gente no se transforma escuchando charlas de motivación o haciendo turismo académico, sino a través del *learning by doing*. Por eso es clave aplicar mentalidad de proyecto al desarrollo personal, hacer pequeños pilotos, experimentar, tener indicadores sencillos y medir su cumplimiento.

—Nada que añadir.

—Cinco. La transformación duele. Si no se rompen fibras, el músculo no crece. Si un mentor no crea una sana y permanente incomodidad, no está haciendo bien su trabajo.

—Me alegra haberla creado.

—Seis. La tarea más importante de un líder es construir su propio carácter, que es como la sala de máquinas de la inspiración. Y el carácter depende de los hábitos, y los hábitos, de las acciones, y las acciones, de las creencias. Estas últimas se instalan en el cerebro de una manera más compleja, a partir de muchos estímulos. Pero en la vida adulta, un estímulo determinante procede de tu dieta intelectual.

—*Wow!*

—Siete. La calidad de tu dieta intelectual determina la calidad de tu liderazgo. Leer una buena selección de libros te puede cambiar la perspectiva de tu vida profesional y, lo que es más importante, de tu vida personal.

—Tu caso es un claro ejemplo.

—Ocho. Para inspirar no se requiere una vida impecable, sino una vida esforzada, cada día, en los pequeños detalles. Y esto es mucho más fácil de decir que de hacer.

—Ya lo creo.

—Nueve. Nos jugamos la vida en las conversaciones que tenemos. Y también en las que no tenemos. Al ritmo al que vamos hoy, es fácil dejarse conversaciones pendientes, y aún más fácil, retrasarlas. Pero no hay herramienta más transformadora que una conversación cara a cara.

—Bravo.

—Y diez. Las tradicionales competencias de gestión no bastan cuando hay que abordar cambios extraordinarios: como reinventar modelos de negocio o rediseñar procesos complejos o restaurar relaciones deterioradas o reconquistar el entusiasmo de un equipo cansado. En pocas palabras, hoy no faltan gestores, sino líderes con la capacidad de transformar. Y yo pensaba que era una líder transformadora hasta que este programa de *mentoring* me puso en mi sitio.

—¿Y cuál es ese sitio?

—El de una aprendiz.

—Te informo de que estamos en el mismo sitio.

—Entonces, ahora me toca a mí. ¿Y qué te llevas tú de este programa?

—Me llevo la grata sorpresa de haberte visto crecer a un ritmo inusual en estos nueves meses —a pesar de que tu *e-mail* de aplicación no me pareció muy prometedor— y la convicción de que ya has interiorizado que el objetivo de este programa no era conseguir la vicepresidencia, sino tu transformación personal.

—Ya ves que no hay que dejarse llevar por las primeras impresiones. ¿Qué más?

—Me llevo un buen número de buenas prácticas en tus proyectos que me servirán de ejemplo para futuros procesos de *mentoring*.

—Me alegra saberlo.

—Y me llevo la satisfacción de que ya estás implantando esta metodología en tu equipo. Estoy seguro de que, con el tiempo, serás una mentora extraordinaria.

—Ojalá, aunque no sé si sabré hacerla mía. ¿Cuánto hay de ti en ella?

—Todo. Y a la vez nada. ¿Cómo distinguir esas gotas de sudor que bajan por tu frente, resbalando por la nariz, y acaban por empaparte la camisa, de esa lluvia torrencial que cae de repente, como un regalo, tan inesperado como la propia vida?

—...

—Sara, es hora de terminar.

—Espera. Ya sé qué se lleva mi mentor, pero me pregunto qué se lleva Oliver de este viaje.

—Esa pregunta no está en la metodología.

—En este momento, por lo que a mí respecta, puedes mandar al cuerno la metodología. ¿Qué te llevas?

—...

—Nunca te había visto quedarte sin palabras.

—Tengo la sensación de que se me ha desgastado el propósito.

—¿¡Cómo!?

—Como cuando un traje se te ha quedado pequeño, pero te das cuenta tarde, cuando ya has salido a la calle. Y te pasas el día estirando las mangas, apretándolas entre los dedos y las palmas de las manos. Pero no funciona. En cuanto pones los puños encima de la mesa, en esa importante comida de negocios, las mangas de la camisa se asoman, impúdicas, desvelando la necesidad de ir al sastre.

—A mí no me lo parece. Creo que tu propósito de vida es muy potente: contribuir a la transformación de organizaciones a través de la transformación de personas.

—Pero lo que ha pasado en las últimas semanas me está cuestionado no la potencia de mi propósito, sino su profundidad: sospecho que uno puede sumergirse más de lo que yo creía en la transformación personal.

—Insólito. El transformador necesita transformarse.

—Creo que yo también estoy entrando en una fase de transición.

—Oliver, yo no quisiera perdérmela. ¿Seguiremos en contacto?

—Seguiremos. ¿Qué planes tienes en Navidad?

—Bajaré con Bryan a Medellín, para pasarla con mi padre y con mi hermano. ¿Y tú?

—Sólo sé que Valentina está organizando un viaje familiar por nuestro aniversario.

—Espero que ahí te relajes. Date permiso para celebrar la vida. Sin metodología.

—Sara, se nos acabó el tiempo. Aunque la transformación continúa. Te deseo buen viaje.

—Gracias, Oliver. Gracias por todo.

(Tres meses después)

14 de febrero | Boston | 11:10
Mensaje de WhatsApp

Buenos días, Oliver. Espero que Valentina y tú estéis muy bien. Te he tenido muy presente durante estos meses. Han pasado tantas cosas... Hay mucho que contarte. Pero lo dejo para que agendemos una videoconferencia, como en los viejos tiempos. Sólo quiero adelantarte una gran noticia. Hemos comenzado un nuevo proyecto. Completamente nuevo y mucho más retador que ninguno de los anteriores. Pero no es con mi equipo, sino con Bryan. Estamos esperando un hijo.

SEGUNDA PARTE
METODOLOGÍA DE AUTODESARROLLO

En los últimos años, en **emêrgap** hemos contribuido a la transformación de más de cien empresas en treinta países de Europa y de América. La experiencia de ayudarlas con nuestra metodología para que avancen a buen ritmo y en profundidad en la transformación de sus negocios y de sus organizaciones —mientras siguen gestionando el día a día— ha sido una fuente formidable de aprendizajes, de los que, primero, nos beneficiamos nosotros e, inmediatamente, las empresas a las que servimos. En otras palabras, andamos metidos en un bucle de recibir, agradecer, procesar y entregar. Pero —de lejos— la experiencia más fascinante de estos años ha sido la de acompañar a miles de profesionales en su transformación personal.

Al principio —progresivamente sorprendidos por las historias de desarrollo humano que sucedían en estos viajes de transformación— adoptamos un enfoque espontáneo y experimental, sugiriendo lecturas, vídeos y algunas buenas prácticas aprendidas de personas extraordinarias con las que hemos tenido el privilegio de trabajar. Hasta que decidimos crear el **PAD**, un **Programa de Auto-Desarrollo** que implantamos tanto en las empresas que requieren nuestros servicios de consultoría de transformación (diseño de la estrategia de transformación, aterrizarla en un portafolio de proyectos y acompañar al equipo para lograr una implementación disciplinada, sin descuidar el negocio ni la operación del día a día) como en empresas que ya tienen su transformación en marcha, pero sienten que el desarrollo de sus líderes no avanza con suficiente rapidez. Y esas dos velocidades les generan tanta frustración como intentar caminar por una cinta que corre a diez kilómetros por hora.

A continuación, presentamos los diez principios fundamentales de nuestro modelo de autodesarrollo que han ido apareciendo a lo largo del libro y, después, la descripción de los momentos clave del proceso de *mentoring*.

10 PRINCIPIOS DE AUTODESARROLLO

1. **Cada persona es protagonista de su desarrollo. No es una responsabilidad delegable.**

   Hasta hace dos décadas, el acceso a la formación estaba bloqueado por un enorme muro que en las empresas se superaba, principalmente, dotando de presupuesto a las áreas de capacitación para contratar a diversas instituciones educativas. En los últimos años, el muro ha sido derribado: la cantidad y la calidad de los recursos formativos disponibles —y, en su mayoría, gratuitos o de bajo costo— se ha multiplicado de modo exponencial. Sin embargo, aún se mantienen dos inercias. La primera es que, a pesar de que esas áreas ahora tienden a llamarse *Learning & Development*, siguen despachando formación tradicional con el foco puesto principalmente en la transferencia de conocimiento. Y la segunda es que muchos profesionales siguen delegando tanto su propio desarrollo como el de su equipo al área de Talento Humano. La manera más práctica de romper con ambas inercias es instalar en la organización la capacidad más estratégica para contribuir a su transformación: el autodesarrollo. Empezando por la alta dirección.

2. **El rol del mentor es acompañar a identificar retos de desarrollo y a aterrizarlos, y darles un seguimiento disciplinado.**

Si cuentas con la ayuda de un mentor —ya sea tu jefe o una persona externa a la organización—, su rol es acompañarte por un período razonable de tiempo para ayudarte a identificar tus retos de desarrollo, a seleccionar las competencias (comportamientos habituales, observables y medibles) con las que abordarlos, a aterrizar las competencias en proyectos concretos y a ejecutarlos con disciplina. No obstante, la mera superioridad jerárquica no cualifica para convertirse en mentor. Para serlo con legitimidad, hay que habérselo ganado con años de trabajo disciplinado, poniendo cabeza, corazón y manos en el propio desarrollo.

3. **Las tres responsabilidades de un líder son la estrategia, el desarrollo de personas y la operación del día a día.**

   La diferencia entre un mero gestor y un líder es que el primero enfoca todas sus energías en la operación del día a día, mientras que el segundo integra en su agenda las otras dos responsabilidades: la estrategia y el desarrollo de personas. Y, en términos de liderazgo, esta diferencia genera una sorprendente asimetría entre avanzar controlado por un gestor que impulsa tu desarrollo movido exclusivamente por motivos técnicos y transaccionales —como resolver tareas de la operación o cubrir posiciones en un organigrama— o, por el contrario, avanzar en tu desarrollo acompañado de un líder con habilidades para el *mentoring* y con un genuino interés en tu crecimiento integral como persona, no solo en el desarrollo de habilidades profesionales.

4. **Hay dos indicadores inequívocos de que estás delante de un líder: hace *mentoring* y da *feedback*.**

   Un buen indicador de liderazgo es la capacidad de implantar una dinámica de *mentoring* y de autodesarrollo en el propio equipo. Y otro, la cantidad y la profundidad del *feedback* que se da al jefe, a los pares, al equipo directo y a cualquier otra persona de la organización, con total independencia de la jerarquía y fuera de los procesos organizativos de evaluación del desempeño, con frecuencia diseñados para justificar el *bonus* que se recibe a final de año. Cuando observas que, en una determinada persona, ambos indicadores están bajos, muy probablemente estás delante de un mero gestor —quizá formado en las mejores instituciones educativas— pero, *de facto*, orientado a lograr los resultados del negocio o de la operación, no a desarrollar personas.

5. **La transformación personal es un proceso de desarrollo de hábitos y de construcción del carácter.**

   La transformación personal no se logra acumulando cursos, programas y certificaciones, como quien estampa sellos en un pasaporte. Eso, sin más, es turismo académico. Ni tampoco se alcanza escuchando charlas de motivación. Más bien, las personas se transforman a través del ejercicio diario de su voluntad, desarrollando buenos hábitos y construyendo el carácter que se requiere para asumir responsabilidades de liderazgo. Ya sea al frente de una organización de cien mil personas o de algo mucho más importante, la propia familia.

6. **La calidad de tu dieta intelectual determina tu nivel de liderazgo.**

   Cuando se asumen posiciones de liderazgo en una organización, ya sea del sector que sea, uno no se dedica a la manufactura: tu desempeño como líder no depende de la fuerza de tus brazos ni de la capacidad de cargar peso de tu espalda. Sino a la «mentefactura». De modo que tu nivel de liderazgo depende directamente de tu vitalidad intelectual, de tu riqueza conceptual, de tu capacidad para procesar información compleja y para diagnosticar, de tu pensamiento crítico para no dejarte llevar por eslóganes populistas, de tus competencias de comunicación verbal y escrita, de tu habilidad para captar rápido el talento y la personalidad de la gente o, en otras palabras, de tu capacidad para adentrarte en el *National Geographic* del alma humana. Desde esta perspectiva, el hábito de la lectura (de novelas, ensayos, libros de historia y de *management*, artículos y también vídeos, *podcasts*, documentales, etcétera) se presenta como una herramienta fabulosa para el crecimiento personal. Sin embargo, hoy en día corremos el riesgo de que nuestra dieta intelectual esté diseñada exclusivamente por algoritmos de Netflix y de Instagram o de otros proveedores de *fast-food* audiovisual.

7. **El autodesarrollo requiere una metodología simple.**

La experiencia demuestra tozudamente que sin método el ritmo de aprendizaje es lento e inconstante. Pero la metodología debe ser simple, una cualidad infrecuente en organizaciones grandes, que tienden al *over-engineering*. Y esta tendencia sistémica a la complejidad —unida a la genuina preocupación de las áreas de Talento Humano por la falta de implicación de muchos directivos en el desarrollo de sus equipos— acaba generando modelos de gestión del talento hipercomplejos e hipercostosos, porque tratan de asumir paliativamente una responsabilidad que esos directivos le han subcontratado.

8. **El autodesarrollo se acelera cuando se gestiona de modo colaborativo.**

En las dos últimas décadas, los constantes avances tecnológicos han abierto posibilidades insospechables de comunicación y de colaboración con otras personas. Pero, por una sorprendente inercia, las dinámicas de desarrollo humano que imperan en las organizaciones siguen encerradas en un formato individual: de los retos personales de desarrollo sólo se habla con el jefe, y tal vez con alguien del área de Talento Humano, en el mejor de los casos. La idea de construir una dinámica colaborativa de autodesarrollo, tal como proponemos en el PAD, suele generar una inicial prevención, basada en el paradigma de que la gente no se siente confortable hablando de sus retos de desarrollo delante de otros colegas. Pero la experiencia nos demuestra una y otra vez que, superada esa fase inicial de escepticismo, llega otra de deslumbramiento, cuando se constata el valor que tiene abrir instancias de conversación colectiva —a través de *workshops* y de plataformas digitales— para compartir retos, experiencias y recursos de aprendizaje.

9. **En la evaluación de los programas de desarrollo es más relevante medir el impacto en los participantes que su satisfacción con el facilitador.**

El desproporcionado énfasis actual —tanto en los programas de liderazgo que gestionan las áreas de Talento Humano como en los que ofrecen las escuelas de negocio— en medir la satisfacción de los participantes con cuestionarios de evaluación corre el peligro de convertirse en un incentivo perverso: que los facilitadores y profesores articulen sus dinámicas con más énfasis en agradar a la audiencia que en contribuir a transformar a cada persona. Por el contrario, resulta mucho más relevante evaluar el desempeño de cada participante, desde la perspectiva del facilitador o del profesor, y también desde la perspectiva de sus colegas.

10. **La transformación duele.**

Al igual que duele ponerse a dieta o hacer un programa de entrenamiento exigente. Por eso, el rol de un mentor no es ganar concursos de popularidad ni garantizar que su mentorizado se sienta cómodo. Más bien, lo contrario: consiste en retarle —de la manera más inspiradora posible—, generándole una mezcla de incomodidad y de esperanza que le inspire a desarrollar con disciplina su propio talento.

EL PROCESO DE MENTORING

La experiencia de implantar nuestro Programa de Auto-Desarrollo en empresas de sectores, culturas y continentes distintos nos ha permitido identificar una serie de momentos críticos en el proceso de *mentoring*. De modo esquemático, y sin ánimo de ser exhaustivos, presentamos a continuación algunos aprendizajes en la implementación del PAD, un programa que dura nueve meses:

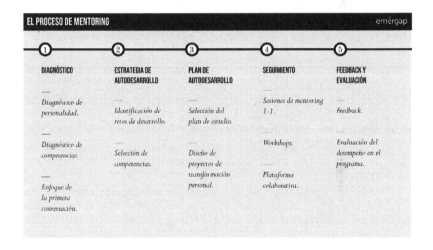

① DIAGNÓSTICO	② ESTRATEGIA DE AUTODESARROLLO	③ PLAN DE AUTODESARROLLO	④ SEGUIMIENTO	⑤ FEEDBACK Y EVALUACIÓN
Diagnóstico de personalidad.	Identificación de retos de desarrollo.	Selección del plan de estudio.	Sesiones de mentoring 1-1.	Feedback.
Diagnóstico de competencias.	Selección de competencias.	Diseño de proyectos de transformación personal.	Workshops.	Evaluación del desempeño en el programa.
Enfoque de la primera conversación.			Plataforma colaborativa.	

1) DIAGNÓSTICO

* ***Diagnóstico de personalidad.***

Para poder acompañar a alguien en un proceso de *mentoring* resulta esencial conocerle en profundidad. Hay herramientas, como el DISC o el MTBI, que permiten capturar —en modelos razonablemente simples y recordables— los rasgos diversos en los que suelen manifestarse las distintas personalidades.

No son modelos matemáticos y hay que usarlos con prudencia. Por dos razones. En primer lugar, porque cuando se realizan pruebas de autodiagnóstico de la personalidad, a veces, la falta de autoconocimiento lleva a responder con poco realismo las preguntas y, en consecuencia, a obtener unos resultados que conducen a conclusiones desacertadas sobre la propia personalidad. Y, en segundo lugar, porque el ser humano es mucho más rico y complejo que cualquiera de estos modelos. Aun así, pueden ser de gran ayuda para conocer mejor a cada persona, entender su comportamiento y orientar su proceso de autodesarrollo. En especial, después de haberlos usado cientos de veces y de haber experimentado lo fácil que resulta precipitarse a la hora de «leer» la personalidad de alguien y de etiquetarle frívolamente, como el que pone un #*hashtag*.

- *Diagnóstico de competencias.*
  Nuestra experiencia de acompañar a empresas en proceso de transformación nos dice que las tradicionales competencias de gestión no bastan cuando hay que abordar cambios extraordinarios, tales como reinventar el modelo de negocio o rediseñar procesos complejos o reconstruir el modelo de trabajo colaborativo de la organización o restaurar relaciones deterioradas o reconquistar el entusiasmo de un equipo cansado. En otras palabras, hoy no faltan gestores, sino líderes con capacidad de transformar. En **emêrgap** hemos identificado doce «Competencias de Transformación» que resultan determinantes para impulsar el cambio con velocidad y en profundidad. Están agrupadas en cuatro categorías:

* ESTRATEGIA. Para poner en marcha una transformación, el primer paso es asegurar que se enfocan el talento y los recursos de la organización en torno a prioridades claramente definidas (**#1**); el segundo es aterrizarlas en proyectos ambiciosos y concretos (**#2**), y el tercero es ejecutarlos con disciplina y con agilidad (**#3**).

* LIDERAZGO. La transformación siempre requiere un esfuerzo extraordinario por parte del equipo, que solo se obtiene a través de un liderazgo inspirador (**#4**), cercano (**#5**) y retador (**#6**). Sin ese liderazgo, solo se puede movilizar a las personas a través de los mecanismos de premio y de castigo que proporciona la estructura jerárquica de la organización, que resultan francamente insuficientes para conquistar el entusiasmo de los colaboradores.

* COMUNICACIÓN. A lo largo de la transformación hay que garantizar la alineación intelectual y emocional del equipo, a través de una comunicación frecuente, estratégica y clara, y con suficiente frescura y riqueza como para interpelar no solo a la cabeza de los colaboradores, sino también a su corazón, ya sea en formato verbal y no verbal (**#7**), escrito (**#8**) o haciendo presentaciones (**#9**).

* COLABORACIÓN. Para alcanzar los retos de transformación es necesario desplegar una influencia matricial (**#12**) que rompa los silos y garantice una ejecución ágil y disciplinada. Para ello, resulta determinante tener menos, más breves y mejores reuniones (**#11**), y también lograr que la comunicación fluya a través de un uso avanzado de las herramientas digitales (**#10**).

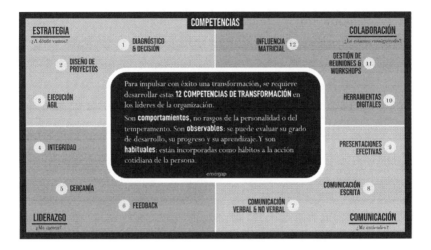

A lo largo de los años, hemos visto cómo este modelo —lejos de competir con los de las organizaciones a las que servimos— funciona como un buen complemento, ofreciendo a los líderes un marco desde el que desarrollar su capacidad de transformación.

Contar con un modelo de competencias es un paso clave para orientar el trabajo de autodesarrollo. Pero es poco probable que alguien se lance a trabajar con método y con disciplina a desarrollar una competencia si no percibe que tiene oportunidades de mejora que le generen suficiente incomodidad. Para lograrlo, es recomendable usar un instrumento de diagnóstico afilado, que describa comportamientos específicos que interpelen a la persona y que dejen poco margen a la autocomplacencia, ese estado de mediocridad en el que resulta fácil acomodarse cuando se percibe que hay otros que están peor que tú. Esta es la lógica del instrumento de autodiagnóstico[2] que usamos en **emêrgap.** Y un buen termómetro de cuánto «corta» son el tipo de reflexiones que, con

---

2   <www.emergap.com/diagnostico>.

frecuencia, hacen los participantes del PAD: «Pienso que mi competencia de diagnóstico está limitada porque converjo demasiado rápido en las soluciones que ya me han funcionado, sin permitir a mi equipo divergir para explorar otras nuevas» o «parece que la cercanía que creía tener con mi equipo no va más allá de la amabilidad corporativa» o «he descubierto que mi comunicación es apasionada e intensa, pero de bajo impacto porque le faltan estructura y claridad» o «el uso del WhatsApp como herramienta profesional me tiene en un bucle de interrupción permanente que está dañando mi productividad».

Un factor determinante para que el autodiagnóstico provoque reflexión es usar una escala de cuatro grados (Excelente – Bien – Regular – Mal). Ya que, por ejemplo, en una escala de cinco grados, caer en el tercero, el intermedio, podría no generar una incomodidad que espolee a salir de la mediocridad.

- *Enfoque de la primera conversación.*
  Un programa de *mentoring* es un proceso que tiene más impacto si empieza y termina en fechas determinadas. Por eso, la primera conversación resulta clave para enmarcar la dinámica, clarificar expectativas y establecer compromisos. Si el mentor y la persona mentorizada no se conocen previamente, la primera conversación representa también una oportunidad para que el mentor lance una batería de preguntas que le ayuden a «leer» la personalidad y el talento de su mentorizado, y a comprender su contexto profesional y personal. A veces basta con pedirle que te cuente su historia de vida y que se detenga particularmente en aquellos momentos o circunstancias sin los cuales resultaría difícil conocerle bien.

Si, por el contrario, el mentor y la persona mentorizada ya se conocen, pero tienen una relación jerárquica de jefe y miembro de su equipo, es crucial que la primera conversación reenmarque el proceso de acompañamiento enfocándose en el desarrollo personal, evitando hablar sobre el contenido del trabajo del día a día.

2) ESTRATEGIA DE AUTODESARROLLO

- *Identificación de retos de desarrollo.*

Los primeros compases en la interacción entre el mentor y el mentorizado deben servir para ayudarle a identificar sus retos de desarrollo o, dicho con otras palabras, sus prioridades estratégicas para crecer de modo integral en todos los ámbitos de su vida: personal, familiar, social y profesional. Y, al igual que las prioridades estratégicas de una empresa funcionan cuando son pocas y están formuladas con claridad, los retos de desarrollo deben ser afilados y breves, para facilitar que también sean recordables. Una manifestación de que los retos de desarrollo son suficientemente estratégicos es que guían el desarrollo integral de la persona durante varios años. O quizá toda la vida.

- *Selección de competencias.*

Una vez definidos los retos de desarrollo, conviene seleccionar unas tres o cuatro competencias que sirvan para trabajarlos a lo largo del programa. Casi siempre resulta más práctico empezar a trabajar solo una por un período de sesenta o de noventa días. Luego se pueden incorporar progresivamente las otras competencias seleccionadas. En cualquier caso, las competencias son como las cerezas: agarras una y salen tres o cuatro. De modo que, al desarrollar una, se puede ir mejorando en algunos aspectos de otras.

3) PLAN DE AUTODESARROLLO

- *Selección del plan de estudio.*

Este momento es determinante para ampliar la perspectiva del mentorizado y recalibrar su propio nivel de excelencia a la hora de trabajar una competencia. El criterio del mentor puede ayudarle a identificar una primera selección de libros, artículos, vídeos, *podcasts*, etcétera, dependiendo de su estilo de aprendizaje y de las carencias que presente su dieta intelectual. Una vez superada esta fase inicial de estudio, conviene pasarle el testigo al mentorizado para que explore nuevos recursos de aprendizaje, de acuerdo con sus intereses y con sus necesidades.

- *Diseño de proyectos de transformación personal.*

El autodesarrollo sólo se mueve entre la **cabeza** (reflexiones) y el **corazón** (deseos) del mentorizado mientras que no lo baje a las **manos** diseñando un proyecto de transformación personal en torno a una competencia específica. Resulta frecuente encontrarse con personas de una considerable experiencia profesional que tienen dificultad para concretar estos proyectos, debido, precisamente, a que tienen poco desarrollada la competencia de Diseño de Proyectos, es decir, la capacidad de aterrizar los retos en la realidad. En general, la primera versión suele ser muy «estratosférica» y requiere una revisión temprana que ayude a bajarlo a hábitos diarios y semanales.

En **emêrgap** hemos diseñado una plantilla de «Proyecto de Transformación Personal» de una sola página para mantener su simplicidad y hacerla más recordable. A lo largo del libro han aparecido varios proyectos. Tomemos este como ejemplo.

Sara | CERCANÍA | versión 2

AUTODIAGNÓSTICO: 4,1
(Escala: 1·4 Mal – 5·6 Regular – 7·8 Bien – 9·10 Excelente)

PROBLEMA / OPORTUNIDAD:
Siempre me he considerado una persona cercana a mi equipo, a pesar de que, algunas veces, puedo ser percibida como brusca, excesivamente directa y demasiado orientada al trabajo. Sin embargo, el reciente *feedback* de algunas personas de mi equipo me deja pensando que puedo tener más oportunidad de mejora de la que imaginaba: «No tienes un interés genuino por los demás, solo te interesan los resultados». «Te falta empatía y capacidad de escucha». «Eres impaciente para imponer tu propia agenda». «No pareces ser consciente del impacto que generan tus comentarios en los demás». En pocas palabras: parece que tengo «cercanía selectiva».

OBJETIVO GENERAL:
Construir relaciones más cercanas y profundas con las personas que me rodean para contribuir a su transformación.

OBJETIVOS ESPECÍFICOS:
* **Desarrollar confianza con todas las personas de mi equipo.** Indicador: grado de cercanía con cada persona (escala 1-2-3-4 / autoevaluación). Alcanzar el 3 con todos en 90 días. Revisión semanal.
* **Escuchar más y ser menos impulsiva en las reuniones.** Indicador: tarjeta de «escucha activa» (escala 1-2-3-4 / evaluación del equipo). Lograr un 3 de media.

MARCO DE TIEMPO: 90 días

IMPLEMENTACIÓN:
PLAN DE ESTUDIO:
* **El hombre en busca de sentido.** Viktor E. Frankl
* **El poder oculto de la amabilidad.** Lawrence Lovasik
* **La velocidad de la confianza.** Stephen R. Covey
* **Mindsight.** Daniel J Siegel
* **Ética a Nicómaco.** Aristóteles
* **Los cinco lenguajes del amor.** Gary Chapman

DIARIAMENTE:
* No interrumpir en las reuniones y escuchar más. Indicador: tarjeta de «escucha activa»
* Sustituir un *e-mail* o un mensaje por una llamada a la persona en cuestión.
* Almorzar todos los días con alguien, no sola en mi escritorio.
* Anotaciones en OneNote sobre lo que voy conociendo de cada persona de mi equipo y de mis pares.
* Mensaje antes del almuerzo a Bryan para preguntarle cómo va su día.

SEMANALMENTE:
* Una llamada a cada persona de mi equipo.
* Cuando estoy de viaje, almorzar con el equipo local.
* Revisión del indicador de cercanía con cada persona.
* Una llamada a una amiga para retomar el contacto y saber cómo va su vida.

Éstas son nuestras recomendaciones para completar la plantilla:

* Realizar un diagnóstico del **Problema/Oportunidad** que sea crudo e incisivo, escribiéndolo en primera persona.

* Establecer un **Objetivo General** que trace la estrategia general de la competencia para acometer el reto de desarrollo para el que ha sido elegida.

* Definir unos **Objetivos Específicos** que recojan los aspectos más críticos para cada persona de la competencia que desea trabajar. En ocasiones ayuda que sean lo suficientemente específicos como para que pueda evaluarse su avance semana a semana.

* Fijar un **Marco de Tiempo** del proyecto de sesenta o de noventa días. Si conviniese prorrogarlo, se pueden añadir ciclos de treinta días.

* Concretar varias dinámicas de **Implementación** diarias y semanales, conectadas con el quehacer cotidiano, personal y profesional.

* Y, como parte de la implementación, diseñar un **Plan de Estudio** estratégico y ambicioso sobre la competencia. Puede incluir libros, artículos, *podcasts*, vídeos, etc.

4) SEGUIMIENTO

* *Sesiones de* **mentoring** *1-1.*

   Las sesiones de *mentoring* con los participantes del PAD se han revelado como una herramienta particularmente poderosa para acelerar el desarrollo y darle mayor profundidad, tanto profesional como personal. Una sesión mensual de 45 minutos (presencial o por videoconferencia) permite revisar los compromisos de desarrollo planteados en la sesión anterior y establecer nuevos compromisos hasta la siguiente. Una sana combinación de disciplina para revisar los avances y de flexibilidad para dejar que la conversación fluya abre la posibilidad de desarrollar una conexión tan especial como respetuosa entre el mentor y el mentorizado, desde la que sólo cabe asombrarse por la capacidad de transformación que tiene cada ser humano.

- *Workshops.*

  Un *workshop* bimestral para dar seguimiento colectivo a los proyectos de transformación personal de cada participante en el PAD resulta una experiencia fascinante de aprendizaje colaborativo. A algunas personas les cuesta creer que la gente esté dispuesta a mostrar su fragilidad hablando sobre sus experiencias de desarrollo delante de sus colegas o —lo que aún les resulta más inconcebible— delante de sus colaboradores o de sus jefes. Pero la realidad se encarga de desmontar una y otra vez esos paradigmas tradicionales en la gestión del talento. No obstante, esta «magia» no sucede simplemente encerrando a la gente en una sala y obligándoles a que abran el cofre de su intimidad. Es necesario saber crear un clima adecuado, para lo cual se requiere haber desarrollado competencias de facilitación de este tipo de *workshops* y ganarse la credibilidad y el respeto de los participantes, a través de la experiencia y de un genuino deseo de servirles.

- *Plataforma colaborativa.*

  Otra herramienta sorprendentemente aceleradora del desarrollo de las personas es abrir un canal privado en una plataforma digital (Spaces, Teams o Workplace, por ejemplo), con el fin de que se puedan compartir de modo permanente recursos y experiencias de aprendizaje entre los participantes del PAD. Para poner en marcha esta dinámica, conviene establecer un compromiso inicial de publicar al menos una vez a la semana algún aprendizaje de autodesarrollo que enriquezca al resto de los participantes en el programa. La experiencia demuestra que el impacto de esta dinámica es directamente proporcional a la importancia que le otorgan y —en consecuencia— al ejemplo que dan los jefes que participan en el PAD. Si son los primeros que publican sus avances y contribuyen aportando recursos de aprendizaje, envían un

mensaje inequívoco de que el autodesarrollo es una prioridad estratégica para la organización. Y cuando esto sucede
de modo sostenido en el tiempo, se acaba logrando instalar
en la organización una nueva capacidad, el autodesarrollo,
particularmente estratégica en tiempos de transformación.

5) *FEEDBACK* Y EVALUACIÓN

- *Feedback.*

Además de las instancias personales (las sesiones de *mentoring* 1-1) y grupales (los *workshops* de seguimiento y la plataforma colaborativa) de *feedback* que proporciona el PAD,
el mero hecho de trabajar con método y con disciplina en el
desarrollo de las propias competencias expone el esfuerzo
de los participantes en sus contextos de trabajo diario en la
organización y también en los personales. Por eso recomen-
damos a los participantes pedir *feedback* a su familia, a sus
amigos y a sus colegas sobre la evolución de su desarrollo,
con el fin de enriquecer su perspectiva y de que se convierta
en un estímulo para seguir transformándose.

- ***Evaluación del desempeño en el programa.***

Una manera sencilla de evaluar el desempeño de los participantes en el PAD es pedirles que, al final del programa,
se evalúen a sí mismos y entre ellos (con la escala: 4 Excelente – 3 Bien – 2 Regular – 1 Mal) en dos variables. En
primer lugar, sobre el grado de desarrollo de sus competencias durante el programa. Y, en segundo lugar, sobre
el grado de disciplina que han aplicado en su autodesarrollo. Además, estas dos evaluaciones (cómo me veo y
cómo me ven mis colegas) las calibramos con la nuestra
como mentores.

El cruce de estas tres perspectivas ofrece un diagnóstico
bastante agudo sobre las personas con mayor potencial de

crecimiento, en la organización y en su propia vida. A continuación, un ejemplo de evaluación del desempeño de un grupo de *high-potentials* que realizó el PAD.

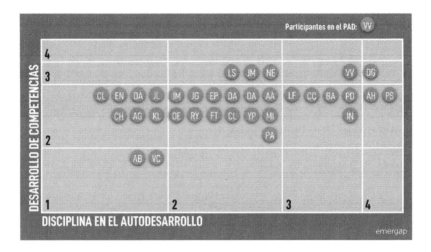

El siguiente cuadro muestra cómo se integran las distintas actividades del PAD a lo largo de los nueve meses que dura el programa.

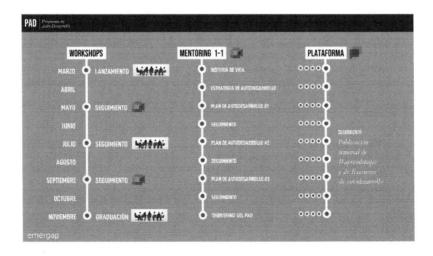

EL DESAFÍO DE LA
#GENERACIÓNPUENTE

Si tienes este libro entre las manos, probablemente eres de la #GeneraciónPuente, la que cruzó desde el mundo analógico al digital. Quizá lo pasaste en pantalón corto, jugando, distraído, o quizá te tocó cruzarlo con peso sobre los hombros y el vértigo de la responsabilidad. Ahora que ya estamos de este lado —a ratos, fascinados por las transformaciones que trae la tecnología cuando se conecta a la creatividad y, a ratos, desbordados por la ansiedad que genera vivir hiperconectados—, sentémonos un momento a pensar.

Nos ha tocado vivir un tramo fascinante de la historia de la humanidad. Nunca antes ha habido una generación que haya tenido que aprender tantas cosas tan rápido. Pero, aunque el diseño de los programas formativos de muchas empresas e instituciones educativas esté orientado a la adquisición de conocimiento y al desarrollo de habilidades, no hay ningún desafío comparable a la construcción del propio carácter, a lograr ese peso interior que te permite mirar al rostro de tu familia, de tus amigos y de tus colegas, y pedirles continuamente que hagan esfuerzos extraordinarios para desplegar todo su potencial. No desde la frialdad de una vida impecable, sino desde la fuerza inspiradora de una vida esforzada y, por eso, también consciente de su propia fragilidad.

Puede que, durante años, a pesar de la multitud que te rodea en tu trabajo y en las plataformas digitales, hayas viajado solo en tu desarrollo. Si es así, quisiera decirte algo: busca mentores que te acompañen en cada tramo de tu viaje y que te inspiren a seguir creciendo cada día. Con el tiempo, tal vez cuando tu cuerpo haya perdido el vigor de la juventud, descubrirás una fuerza interior arrolladora que atraerá a otros a invitarte a su vida, a su viaje de transformación.

RECURSOS DE APRENDIZAJE

Este capítulo recopila los recursos de aprendizaje que han aparecido a lo largo del libro, a través de la interacción entre Oliver y Sara. No pretende ser un listado exhaustivo, sino un breve elenco de algunos de los recursos que sugerimos en el PAD. El listado completo de recursos se recibe al realizar el autodiagnóstico de Competencias de Transformación en la web de **emêrgap**. *<emergap.com/diagnostico>*

LIBROS:
- *Crimen y castigo*. Fiódor Dostoievski
- *Delegating Work*. HBR Press
- *Digital Body Language*. Erica Dhawan
- *El hombre en busca de sentido*. Viktor E. Frankl
- *El poder oculto de la amabilidad*. Lawrence Lovasik
- *Empathy*. HBR Press
- *Enfócate*. Cal Newport
- *Ética a Nicómaco*. Aristóteles
- *Getting Work Done*. HBR Press
- *Hábitos atómicos*. James Clear
- *Heridas en el corazón. El poder curativo del perdón*. Javier Schlatter
- *High-Impact Tools for Teams*. Alexander Osterwalder
- *Invencible*. Laura Hillenbrand
- *La velocidad de la confianza*. Stephen R. Covey
- *Los cinco lenguajes del amor*. Gary Chapman

- *Los 7 hábitos de la gente altamente efectiva*. Stephen R. Covey
- *Managing Time*. HBR Press
- *Mindsight*. Daniel J Siegel
- *Open*. Andre Agassi
- *Pensar como los mejores guerreros*. Mark Divine
- *Pensar rápido, pensar despacio*. Daniel Kahneman
- *Ultralearning*. Scott H. Young
- *Salvaje de corazón*. John Eldredge

ARTÍCULO:
- *HBR Guide to Making Better Decisions*. Harvard Business Review

VÍDEOS:
- TED | *5 Ways to Listen Better*
- TED | *El poder de una conversación*
- YouTube | *How to Really Listen to People*
- YouTube | *How to Use Microsoft Teams Effectively*, Leila Gharani
- YouTube | *Optimal Work*
- Netflix | ¡A ordenar con Marie Kondo!

APPS:
- Audible
- Habitify

LINKS:
- Center for Creative Leadership | Técnica de *feedback* SCI | *<bit.ly/ccym-sci>*
- **emêrgap** | Autodiagnóstico | *<emergap.com/diagnostico>*
- Test de personalidad DISC | *<mydiscprofile.com/es-es/>*
- The Definitive 100 Most Useful Productivity Hacks | *<bit.ly/ccym-100ph>*

AGRADECIMIENTOS

En primer lugar, gracias a Alejo Mesa, que me prestó su finca en Llanogrande para empezar a escribir el libro. Y, sobre todo, por acercarme a su familia y por regalarme a sus amigos. Ahora también son míos.

Y gracias a todas las personas que me han ayudado con su *feedback* a pulir el libro:

Andrea Escobar, Andrés Acosta, Andrés Arango, Borja de León, Carlos Eduardo Mesa, Carolina Acosta, Carolina García, César Suárez, David Gallagher, Diego Fontán, Elena Mesonero, Emilio Iturmendi, Ernesto Barrera, Esteban Betancur, Francisco Fernández, Gonzalo Valseca, Guillermo Arroyo, Íñigo Pírfano, Joaquín Trigueros, John Almandoz, José María Díez, Juan Beltrán, Juan José Valle, Juan Carlos Valverde, Juan Pablo Murra, Kleverson Batistela, Luis Casas, Luis Ignacio Franco, Maca Lalinde, Margara Ferber, Nathan Davis, Paloma Martínez, Rafael García, Rolando Roncancio, Sergio Pardo, Valeria Fratocchi y Xavier Bosch.

COMENTARIOS SOBRE EL LIBRO

Alejandro Mesa | CEO de Iluma Alliance
«Una invitación magistral a convertirnos en los protagonistas y responsables de nuestro autodesarrollo, a través de una historia cercana, profunda e inspiradora, y de una metodología simple, probada y transformadora».

Carlos Zenteno | Presidente de Claro (Colombia)
«Un libro excepcional que dejará huella en muchas personas».

Carlos Ignacio Gallego | Presidente de Grupo Nutresa
«Una historia de liderazgo, de vulnerabilidad y de transformación, que nos expone a lo que implica el compromiso con el propio desarrollo, y a entender el reto de acompañar el desarrollo de otros».

Montserrat Ezquerra | Directora Global de RRHH en Banco Santander
«Muestra el poder transformador de los pequeños hábitos en la vida y en el trabajo».

Jorge Mario Velásquez | Presidente de Grupo Argos

«Una propuesta extraordinaria para acompañar a otros en su viaje de transformación que a la vez nos inspira a trabajar en nuestras propias oportunidades para ser mejores líderes y mejores seres humanos».

Irina Jaramillo Muskus | Co-fundadora de ASTRA

«Un genial maridaje entre novela y guía práctica que cautiva al lector a embarcarse en su propia transformación, esa que acontece en el corazón y nos permite ser más para servir mejor».

Carlos Mario Giraldo | Presidente del Grupo Éxito

«Una lectura inspiradora que deja profundas reflexiones personales y que ofrece herramientas para convertir la inspiración en acción, transformando nuestro entorno familiar y profesional».

Marcelo Cataldo | Presidente de Tigo (Colombia)

«*Cabeza, corazón y manos* es una combinación única entre una novela y un libro de desarrollo. La narrativa te atrapa de principio a fin y, a la vez, te entrega los fundamentos para crecer como persona y como profesional. ¡Recomendadísimo!».

Santiago Londoño | Gerente General de Haceb

«Una lectura maravillosa para descubrir, a través de una historia cercana y real, el camino para el autodesarrollo en todos los ámbitos de nuestra vida».

David Garza | Rector del Tec de Monterrey

«En esta lectura diferente, agradable y reveladora, Álvaro nos lleva a una reflexión profunda, y práctica a la vez, de lo que se requiere para ser un líder transformador. El modelo de competencias de transformación, la metodología de autodesarrollo, el énfasis tan importante en la disciplina y, sobre todo, el enfoque humano, lo hacen diferente a otros libros que abordan el tema de liderazgo. Entenderlo, quererlo y hacerlo, será algo que el lector se llevará para toda su vida».

Santiago Zapata | Director General de HiCue Speakers

«Es el libro perfecto para todo aquel que quiera iniciar un verdadero proceso de transformación personal, siguiendo una metodología clara, sencilla y de fácil implementación. A través de una conversación profunda y amena, que parece que sucede en tu propia casa, Álvaro nos lleva de la mano en un fascinante viaje de transformación, ayudándonos a desarrollar nuevas competencias».

Carlos Rodríguez de Robles | Deputy CEO de Caceis

«En este libro Álvaro nos muestra con un enfoque humanista, basado en la integralidad de la persona, una historia de transformación personal a través de una metodología sencilla pero exigente, que nos sirve, sin lugar a duda, para nuestro crecimiento personal y para ayudar al crecimiento de las personas que nos rodean».

Ignacio Calle | Presidente de SURA Asset Management

«En este libro, Álvaro entrega una valiosa bitácora de trabajo que permite, a través de una metodología práctica, generar una transformación personal en líderes y en altos potenciales. Es una redacción creativa que permite fluir en la intimidad de los personajes desde la perspectiva tanto del mentor como de la persona a la que acompaña en su transformación».

Juan David Correa | CEO de Protección

«El proceso de desarrollo personal y profesional de los seres humanos es un compromiso y una convicción que dura toda la vida. Este libro es una guía que suscita la autorreflexión y, a través de experiencias y herramientas sencillas, mueve a la práctica de acciones que permiten una verdadera transformación».

Eric Umaña | CEO de TLA Logistics

«Con una narrativa inspiradora despierta el apetito por una transformación personal. Una lectura imprescindible para cualquier persona con responsabilidades de liderazgo».

Pablo Sprenger | CEO SURA Investment Management

«No importa si eres un alto ejecutivo o si estás comenzando tu carrera profesional, este libro es una lectura obligada para enfrentar el desafiante y competitivo mundo en el que vivimos. Con una historia fascinante, Álvaro logra de forma magistral inspirar al lector a comprometer la cabeza, el corazón y las manos en su autodesarrollo, sin duda la nueva competencia diferenciadora de los líderes del futuro».

Carlos Raúl Yepes | Expresidente de Bancolombia

«Desde el título ya sabemos lo que Álvaro nos quiere entregar con este libro: un mensaje para la vida personal y profesional que pasa, indefectiblemente, por la cabeza, por el corazón y por las manos. Esa cabeza que piensa, ese corazón que siente y esas manos que construyen, como un todo, un mejor ser humano al servicio de las organizaciones y de la sociedad. Este libro es una propuesta diferente, atractiva y con mucho significado que nos pone a pensar y que nos entrega herramientas muy valiosas para actuar».

Montserrat Garrido | Directora de Ventas Banca Transaccional Latinoamérica en Citi

«La tecnología está cambiando las organizaciones a una velocidad exponencial. Sin embargo, sólo si sus líderes aprenden a transformar personas, podrán inspirar a otros y atraer a los mejores. Con un estilo ameno y cercano y con una metodología práctica, este libro nos invita a comenzar por uno mismo para que la transformación tenga un verdadero impacto en nuestras organizaciones y en nuestro entorno».

Carolina Acosta | Delegada de la Universidad de Navarra en Colombia

«El libro me ha hecho reír, me ha hecho llorar y me ha cuestionado».

Claus Flensborg | Director Global de Learning & Development en Arla Foods
«¡No dejes de leerlo! La historia es fascinante y la metodología simple y poderosa».

Keith Jackson | Chief HR Officer de AT&T Latin America Corp.
«A cualquier líder que haya tenido la oportunidad de desarrollar a un futuro líder le encantará este libro. Estoy deseando saber cómo continúa la historia de Sara...».

(Diez años después, la historia de Sara continúa en
RIVERVIEW)

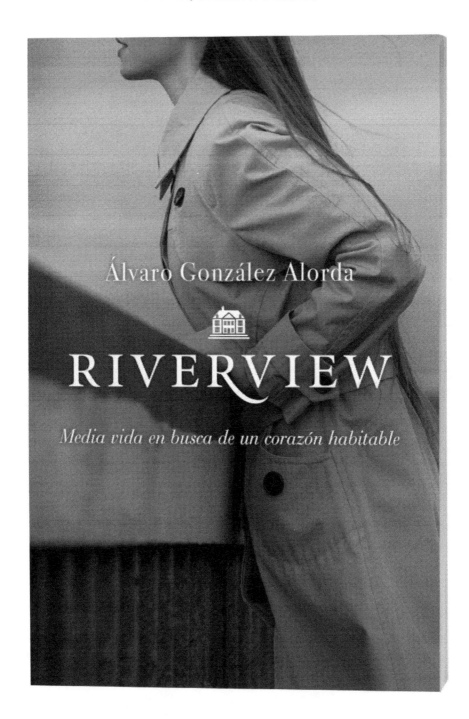

M i querida Andre, me pregunto si se puede perdonar a una amiga que te ignoró durante diez años, a una amiga que no contestó tus llamadas ni respondió tus mensajes, a una amiga que ni siquiera acusó recibo de tus postales. Pero no a una amiga cualquiera, sino a tu amiga del alma, a tu hermana elegida, con quien trepabas a aquel arce frente a tu casa para intercambiar secretos o para entrar en tu habitación por la ventana. A la que prestaste aquel vestido largo, verde agua, estampado con flores, tu preferido, para su fiesta de quince años. Con la que en verano te bañabas de noche en el río, a esas horas que tanto nos gustaban porque los mayores pensaban que estábamos dormidas y no sospechaban que andábamos de fuga. Porque eso fue nuestra infancia, una fuga imperfecta, en la que soñábamos viajes a países lejanos o listábamos cualidades imprescindibles en un novio ideal. Para el que en realidad nunca tuvimos tiempo, porque aquellos chicos no nos entendían, no eran capaces de seguirnos el juego, a nosotras, dos ardillas inquietas saltando sin cesar de rama en rama, a las que el aburrimiento les parecía intolerable y que no dejaban de hablar ni un segundo. Tan intensas éramos que las monjas ya no sabían cómo ubicarnos en el aula, porque siempre encontrábamos la manera de seguir comunicándonos, ya fuese por gestos, dando golpecitos en la mesa o lanzando aviones de papel con mensajes escritos en las alas. Como ese que se posó en la mesa de la hermana Pruna, la más severa, a la que tú dibujaste como a una ballena con cofia, y que nos costó una expulsión de una semana, noticia que recibimos con gozo y para la que, inmediatamente, empezamos a hacer planes. Pero, de pronto, esa misma tarde, sucedió lo de tu madre, el maldito accidente que truncó tu infancia, la nuestra, y te hizo, sin preaviso ni manual de instrucciones, madre de tus hermanos y casi esposa de tu padre. El pobre ya nunca levantó cabeza ni se responsabilizó de nada, que para eso estabas tú, la organizadora, y yo, la inseparable, ayudándote a preparar tamales, a tender la ropa o a tomar la lección a tus hermanos. Y sin darnos cuenta se nos olvidó que éramos niñas y elegimos carrera, tú en Medellín, para seguir cuidando de todos, y yo fuera, primero en México y luego en España, cuanto más lejos, mejor, para escapar de mi familia, para viajar por el mundo, para casarme con quien me diera la gana. Ay, Andre, tú siempre estuviste dispuesta a escuchar, de día o de noche, las aventuras y desventuras de tu amiga multinacional que hoy te llama desde Londres, mañana, desde Berlín y el fin de semana retoma la conversación mientras recorre en bici Copenhague. Pero entonces empecé a conocer a gente influyente, a enredarme, a desatender tus llamadas y mensajes, a *despriorizarte* con la excusa de que andaba siempre viajando. Por vacaciones, en clase turista, por trabajo, en ejecutiva y, desde que me nombraron presidenta, ya sólo en primera clase. Tan boba fui, que hasta llegué a creerme importante. Y así se me fueron los años, de comité en comité, de hotel en hotel, con comidas de trabajo en restaurantes maravillosos, con carro de empresa y chófer, con entrenador personal, con un bonus hiperbólico, con una agenda desquiciada. Y, a la vez, tratando de formar una familia, luchando por tener una vida equilibrada, haciendo meditación y yoga, manteniendo la dieta a raya, con una agenda social tan estratégicamente diseñada que no dejaba espacio ni para mi amiga Andre. Hasta que, avergonzada por no haberte contestado tantos mensajes, aproveché un cambio de celular para apartarte de mi vista, de mis notificaciones, como quien guarda en un baúl una muñeca rota.

Pero ahora soy yo quien está rota. Rica y rota. Retirada prematuramente tras una carrera deslumbrante y encerrada en Riverview, la casa de mis sueños, en el condado de Oxfordshire, pero sin amor, sin amigos y *despreferida* por mis hijos, que han optado por irse a vivir a San Diego con su padre. Ayer fui a llevarlos a Heathrow y tanto esfuerzo puse en fingir que comprendía su elección que, al llegar a casa, me olvidé de todo, me conecté a una videoconferencia con Morgan, mi asesor financiero en Nueva York, y, al terminar, pasadas las once de la noche, cuando fui a darles un beso, a arroparlos, a sentarme a oírlos respirar dormidos, vi sus camas vacías y me derrumbé, me hundí hasta lo más profundo, lloré sin nadie que me abrazara, tratando de responder preguntas que debí hacerme mucho antes, evaluando si conocí el amor verdadero, si supe ordenar bien mis prioridades.

Anoche me dejé las ventanas abiertas y hoy la luz me ha despertado muy temprano con una idea fija: escribirte una carta larga para narrarte cómo me ha ido, para intentar recuperarte desaguando mi vergüenza acumulada, contándotelo todo, como cuando en verano nos daba por dormir en el jardín mirando a las estrellas. He dicho *escribirte*, pero, en realidad, estoy hablándole a una aplicación, a un invento nuevo al que puedes dictarle tus pensamientos o insertarle un vídeo y así va componiendo tu narrativa como se hace hoy, cosiendo retales de vida, para luego enviársela a un ser querido.

Me gusta mi dormitorio. Está en el segundo piso, con orientación al oeste. Por las mañanas me asomo a ver cómo el sol ilumina los prados desde detrás de la casa. Los cultivos de mis vecinos granjeros, adorablemente silenciosos, se derraman poco a poco hasta las arboledas que acompañan al río Támesis, que viene sinuoso y sereno desde Gloucestershire, luego se ensancha presumido en Oxford y en Eton para acoger las competiciones de remo y, poco antes de llegar a Londres, acumula apresurado el imponente caudal que los barcos mercantes necesitan para subir desde el mar del Norte, trayendo mercancías de países lejanos.

Decoré las paredes con papel damasco de un tono gris plata que me da paz y con un mobiliario clásico muy *british*, algo así como una versión contemporánea de Downton Abbey. Apenas puse cuadros. El techo es alto y daría para una cama con dosel, pero ese recurso decorativo siempre me pareció artificioso, así que preferí dividir la habitación en dos estancias, el dormitorio y mi espacio de trabajo, con una escultura de mármol blanco, una pieza monumental de Atchugarry, un artista uruguayo al que conocí hace años en Punta del Este. Necesitaba un espacio propio para atender videoconferencias, mi refugio nuclear de acceso prohibido a los monstruos. No, no creas que es una casa encantada, me refiero a mis hijos: Oliver, ese bebé encantador y obstinado del que te envié fotos, y su hermano James, una criatura adorable que ha sido capaz de llevar mi amor y mi paciencia al límite.

Pero mejor te los presento en vivo. Mira esta escena que sucedió en la cocina el año pasado, apenas tres semanas después de estrenar Riverview. Así quedó grabada en el circuito de seguridad de la casa:

—¡Maldita sea! ¡No me lo puedo creer! ¡Oliver y James! ¡Bajen inmediatamente! ¿No me han oído? ¡He dicho in-me-dia-ta-men-te!

—Sííí, ya vamos.

—¿Qué pasa, Oliver?, ¿adónde vas?

—Chsss... Ha llegado mamá. ¡Rápido, baja!

—Hola, mami.

—¿¡Cómo que hola, mami!? Míralos, bajando tranquilamente, como si tal cosa. ¿¡Quién es el responsable de esto, eh!? ¡Miren cómo han dejado las paredes de la cocina y del comedor!

—En el salón también...

—¿¡Cómo!? ¿¡También el salón!? No me lo puedo creer...

—Eso lo ha hecho James.

—¡Mentira, tú me has ayudado!

—Yo solo te bajé tus rotuladores.

—No, no, no, no... ¡También han pintado en el Banksy! Dios mío. ¿¡Saben cuánto nos ha costado ese cuadro!? No me puede estar pasando esto... ¡María!

—¿Sí, señora Sara?

—¡Tráigame un vaso de agua!

—Sí, señora Sara. Siéntese, por favor, que se va a enfermar.

—¡Y ustedes siéntense ahí, que me van a oír! Acabo de llegar de Shanghái. Ha sido el viaje más frustrante de mi vida. He maldormido las dos últimas noches en un avión. Estoy agotada. ¿Es que no se dan cuenta de lo que han hecho? Llevo años planeando este proyecto. Me he dejado la piel para ganarme el maldito bonus y poder comprar Riverview. Me he pasado todo este tiempo viajando por el mundo, trabajando hasta la extenuación para darles un hogar y una educación de primera, en los mejores colegios. Y he tenido que hacerlo todo sola. He hecho de madre y también de padre, especialmente desde que ese sinvergüenza se marchó con su última aventura...

—Señora Sara, está agotada, tiene que descansar.

—¡No quiero descansar ahora! ¡Ahora quiero una explicación! ¿¡Cómo se les ocurre!? Oliver, usted ya no es un niño. Usted es el hombre en esta casa. Usted tiene una responsabilidad sobre su hermano pequeño. No puede dejarle ejecutar la primera ocurrencia que se le venga a la cabeza.

—Es que pasamos mucho tiempo solos y nos aburrimos.

—¿¡Que se aburren!? ¡Lo que me faltaba por oír! Voy a ponerlos a trabajar en el jardín a las órdenes de Wilson. Mañana mismo empiezan. Y, por cierto, esta noche voy a hibernar sus dispositivos por una semana.

—Pero, mamá...

—¡Por un mes! Y usted, James, explíqueme todo esto. ¿No se da cuenta de lo que ha hecho? ¿No se da cuenta de lo que me ha costado sacarle adelante, de todo el esfuerzo que he tenido que hacer con usted, la educación especial, los profesores particulares, las clases extraordinarias...?

—Mamá...

—¡Oliver, usted cállese!

—No lo lleva puesto.

—¿¡No lleva puesto qué!?

—Que no oye. No lleva el implante.

—¡Suba por el implante de su hermano inmediatamente!

—Mami, no te preocupes, te estoy leyendo los labios.

—¿¡Y se ha enterado de todo!?

—¿Qué es un bonus?

—¡Dios!

—Aquí tiene su agua, señora Sara.

—María, todavía no entiendo cómo usted no ha evitado esto.

—Fue mientras ella dormía.

—¿Y qué hacen unos niños de ocho y cinco años despiertos por la noche? ¿¡Eh!?

—Mami, María ya nos ha perdonado.

A mí me costó una semana. A la mañana siguiente fui a comprar pintura a la tienda de unos pakistaníes en Cumnor, la localidad en la que vivimos. Entré rápido —aún enfadada por el desastre que me encontré la noche anterior y desvelada desde muy temprano por el *jet lag*— y dije en voz alta, sin saludar:

—Necesito pintura blanca.

—Me temo que nosotros solo vendemos comida —dijo secamente la señora desde detrás del mostrador. Su marido asomó desde la trastienda su bigote y una kurta blanca y se quedó detrás de ella, realzando su kurta morada.

—¿Cuántos litros necesita, señora? —preguntó él.

—No sé. Tengo que pintar tres paredes grandes.

—¿Doce litros, quizá?

—No tengo ni idea. Lo único que he pintado en mi vida son mis propias uñas.

En ese momento, advertí la presencia de una niña de unos quince años con pelo castaño recogido en una cola desbaratada. Llevaba un vestido de lino color marfil, precioso aunque algo deshilachado, y una cesta llena de fruta colgada del brazo. Ella, que estaba pagando su compra en el mostrador cuando entré precipitadamente en la tienda, dijo sin mirarme, con una determinación que me recordó a nosotras hace treinta años:

—Mi padre es pintor.

Al día siguiente, salí a correr por el campo a primera hora y me encontré dos latas de pintura en la reja de entrada a Riverview. Y a mediodía, mientras almorzaba con Oliver y James en el jardín trasero, en la mesa de nogal que mandé poner bajo la arboleda, María anunció una visita esperada.

Creo que lo olí antes de verlo. Vestía una vieja camisa azul como de presidiario, unos pantalones de trabajo que parecían no conocer la lavadora y unas viejas botas de cuero. Traía colgada del hombro una bolsa grande de lona por la que asomaban brochas y pinceles. Se acercó a la mesa, pero manteniéndose a cierta distancia. Luego descolgó la bolsa lentamente hasta posarla en la hierba, dejando ver una franja de sudor en la camisa. Y mientras se pasaba la manga por la frente, dijo con voz profunda, como un acorde de contrabajo:

—Mi hija Martha me ha dicho que necesitan pintar unas paredes. Me llamo John.

En aquel momento, quizá por la perspectiva, me pareció más robusto que alto. Apenas le vi los ojos, de un azul glacial, porque mantenía la mirada baja y el flequillo ondulado le caía por la frente.

Hice pasar a John a la casa. Echó un vistazo rápido a los daños en las paredes de la cocina y del comedor, pero se detuvo un minuto que se me hizo larguísimo en el salón.

—Es un Banksy —le dije entre orgullosa y avergonzada por los garabatos que hizo James. Él hincó una rodilla para observarlo de cerca y declaró con una seguridad incontestable:

—Podría arreglar esto también.

John estuvo trabajando toda la tarde, concentrado y sigiloso. Le ofrecí té y solo le arranqué un escueto «no, gracias». Le pregunté por su familia, y, tras hacer una pausa larga, como si hubiera tenido que contarlos uno a uno, dijo: «Cinco hijos». Le pedí que regresara al día siguiente para dar una segunda mano de pintura, y, por primera vez, me miró a la cara.

—No trabajo los domingos —sentenció.

Regresó el lunes por la tarde, terminó su tarea, se guardó en un bolsillo el sobre con dinero que le entregó María y se marchó en una vieja camioneta *pick-up*, con Martha sentada en el asiento delantero y dos niños de pie en la parte de atrás, agarrados a una barra. Nos cruzamos en Cumnor Road, justo antes de la desviación a Riverview, cuando yo regresaba de Londres, adonde había ido a entregar mi carta de renuncia y a poner fin a mi carrera.

Al llegar, pregunté a María si los hijos de John habían entrado en la casa, pero me contó que se quedaron tras la reja; Martha leyendo un libro bajo un árbol, y los niños lanzando piedras a los pájaros con una cauchera. Por suerte, a esa hora, Oliver y James estaban en clase de piano, una actividad que prefieren realizar juntos porque mis hijos son tan indivisibles como un átomo. Su profesora se conecta desde Viena y usa un *software* sofisticadísimo para escuchar y sentir desde allí, en el propio piano de su estudio, cómo toca cada uno. Francamente, no sé cómo logra enfocar la energía de mis hijos durante dos horas seguidas, porque cuando yo llego a casa los días que no tienen actividades extraescolares, primero me toca hacer inspección de daños... Comprenderás mi reticencia a que se hicieran amigos de cazadores furtivos armados con caucheras. Con los años, mis hijos me han hecho desarrollar un sistema de alerta para detectar calamidades, aunque me temo que funciona de modo selectivo, porque con su padre no me sirvió para presagiar lo inevitable. Mañana te contaré cómo ese inquilino dejó mi corazón al marcharse. Por hoy, detengo aquí mi relato.

~~~~~~~~~

Después de dos semanas con un clima inusualmente bueno y que parecía anunciar un verano seco, esta noche ha entrado una repentina borrasca en las islas británicas que ha traído lluvia intensa y un viento a rachas que me ha tenido en duermevela toda la noche.

En días así me refugio en la biblioteca, que conecta con el salón a través de unas puertas correderas de caoba con un cierre tan hermético que no deja pasar un decibelio. No sé por qué las he cerrado hoy, si no están los monstruos. Solo María se ha quedado conmigo, acompañándome con su serena presencia, pues apenas sale de la zona de servicio y, cuando se mueve por la casa, es tan discreta como una hoja llevada por la brisa. Riverview no fue diseñada para la vida monástica que me espera este verano. En el ala este tiene cinco habitaciones para invitados más una especie de *suite* imperial en la que le sobraría espacio a la reina de Inglaterra.

Quizá hoy me he encerrado por fuera para viajar por dentro, por esas estancias lúgubres del corazón donde yacen arrumbados muebles viejos, cubiertos por sábanas de las que hay que tirar con cuidado porque podrías derribar algún jarrón de porcelana y romperlo en pedazos tan pequeños que solo logras ensamblar de nuevo cuando has reunido todos, haciendo montoncitos en el suelo. Pero siempre hay alguno que no aparece hasta que alguien se asoma por detrás, mientras tú andas buscándolo en cuclillas, fatigada, y te ayuda a encontrarlo con una facilidad que resultaría exasperante si no fuera por el alivio de haber hallado todos los pedazos. Igual que cuando alguien intenta resolver tus problemas troceándolos, extendiéndolos sobre la mesa, clasificándolos por categorías, poniéndoles etiquetas y haciéndote un esquemita con su diagnóstico, como si fuera un doctor entregándote una receta. Pero hoy no ando buscando soluciones rápidas ni planes de acción. Hoy quiero observar contigo mi pena en voz alta, poco a poco, con cautela, como avanzando a oscuras por mis adentros ayudada por la luz del celular.

El año en que estudié en Madrid siempre tuvo un doble objetivo. Si contamos el tiempo que dediqué a cada uno, el segundo fue obtener mi MBA en el Instituto de Empresa. El primero fue encontrar la materia prima con la que casarme: alguien atractivo con educación superior y un toque internacional, que me amara apasionadamente y al que le gustasen mis planes. Planes sí hubo, pero a Bryan no lo encontré a la primera.

Vivía con tres amigas en un apartamento de la calle Lagasca, cerca del Parque del Retiro. Una argentina, Vicky, una mexicana, Karla, y otra colombiana, Lina. Nuestros compañeros de clase pronto nos apodaron como las Latin Queens y nos invitaban en bloque a todas las fiestas, que nosotras dividíamos en tres fases: la prefiesta, que duraba prácticamente todo el día, y en la que decidíamos qué combinación de ropa íbamos a vestir y analizábamos cómo nos quedaba, individualmente y en conjunto; la fiesta propiamente dicha, a la que nunca llegábamos de las primeras, pero casi siempre nos marchábamos entre las últimas, y el *debriefing*, que sucedía en el almuerzo del día después, y en el que evaluábamos el cóctel, la música, a los asistentes, cuántos nos pidieron el número de celular y a quién le dimos el verdadero.

Hubo una fiesta organizada por unos españoles, a quienes llamábamos los Apellidos porque siempre mencionaban los dos, el de su padre y el de su madre, cuando nos presentaban a algún miembro de esa selecta sociedad que parecía tener como requisito de entrada dos apellidos compuestos, una acción en el Club Puerta de Hierro y una segunda residencia en la playa. Así que, para cuando terminaban las introducciones, ya te empezaba a doler la espalda de esperar de pie como una azafata. Uno de los Apellidos, Borja, estudiaba también en el IE, aunque en otro programa, y nos invitó con inusual entusiasmo a una fiesta en una casa de Somosaguas.

Como siempre, llegamos tarde, bajamos del taxi como un estallido de fuegos artificiales y un guarda de seguridad con el cuello más ancho que la cabeza nos bloqueó la entrada con su imponente brazo tatuado.

—¿Adónde vais? —dijo con acento de Europa del Este.

—A hacer la compra —bromeó Vicky, que ya venía achispada, y el guarda la atravesó con ojos de lobo estepario.

—Venimos a la fiesta de Pelayo —se apresuró a decir Lina, improvisando una sonrisa ingenua rematada con un pestañeo que logró distraer a la bestia.

—¿Cómo os llamáis? —preguntó sacando del bolsillo trasero del pantalón la lista de invitados.

—Vicky, Karla, Lina y Sara. Pero, querido, capaz que nos encontrás antes si buscás por Latin Queens —respondió Vicky con su inigualable rapidez verbal, que tan pronto nos hacía reír como nos metía en apuros.

—Nenas, no me gustan las bromas. Fuera de mi vista.

—¡No manches, joven, si somos invitadas V-I-P! —se quejó Karla.

Por suerte, Borja había salido a fumar al jardín con un amigo y, al vernos, nos rescató diciendo con aire resuelto, como si fuera el dueño de la casa:

—Sergei, déjalas pasar. Son mis invitadas.

Pero el dueño era Pelayo, y Borja no más que uno de esos amigos que logró entrar en su círculo íntimo gracias a su singular destreza para la adulación.

No tardamos mucho en comprender el motivo de nuestra presencia en tan exclusiva fiesta: nos habían llevado para exhibirnos como a aves exóticas venidas de países lejanos. Borja nos fue acompañando por distintas estancias, donde fuimos escaneadas por los chicos con un disimulo furtivo y por las chicas con ese descaro exquisito que solo se encuentra en la alta sociedad. Finalmente, nos llevaron al piso de arriba, hasta una terraza con vistas a un jardín de cine y con una barandilla que recordaba al paseo marítimo de la playa de La Concha, en San Sebastián. Borja interrumpió pomposamente la conversación de un grupo de chicos para anunciar nuestra llegada:

—Queridos amigos, tengo el honor de presentaros a las... Latin Queens.

A lo que nosotras respondimos con nuestra ensayada coreografía:

—Yo soy Vicky.

—Yo soy Karla.

—Yo soy Lina.

—Y yo, Sara.

Luego se presentaron ellos, y tal fue la retahíla de apellidos que solo logré retener un nombre, Pelayo, al que Borja introdujo como el propietario de la casa, aunque, en realidad, pertenecía a su madre, quien andaba en la Isla de Pascua esa semana.

A medida que avanzó la fiesta, nos hicieron preguntas —luego supimos— para conocer nuestro pedigrí, explorando los motivos de aquel año de turismo académico en España y, sobre todo, cómo fue financiado. De acuerdo con los estándares de los Apellidos, si cruzaste el Atlántico en clase turista, tus orígenes revelaban una familia de clase media con ambición de prosperidad, una mediocridad solo excusable si te consideraban especialmente hermosa. Pero si viajaste en clase ejecutiva, y además no fue con las millas acumuladas por tu padre en viajes pagados por la empresa, se disparaba su interés por la previsible fortuna familiar que te mantenía y por explorar oportunidades de inversión en mercados emergentes. En ese caso, bastaba con que fueses *mona*. Solo Karla, debido a que su padre era el presidente de un importante grupo empresarial, cualificó para esta segunda categoría, lo que, unido a su singular belleza, la convirtió en el centro de atención durante toda la noche.

Sin embargo, Pelayo se fijó en mí, y yo le seguí el juego. Al rato, ofreciéndome otra copa, me invitó a pasear por el jardín, donde me ilustró sobre el nombre de sus árboles y de qué países los habían traído. Luego, sentados en un banco de piedra, me confesó que le aturdían las fiestas, que solo las organizaba por agradar a sus amigos, que él prefería conversar con mentes afiladas.

—¿Por qué viniste a España? —preguntó girándose hacia mí con un interés repentino.

—¿Quieres una respuesta convencional o la verdad? —respondí mirándolo fijamente, tratando de calibrar qué opción merecía.

—Prefiero la verdad, aunque sea terrible —dijo abriendo los ojos con un aire de misterio.

—Vine para hacer un MBA en una universidad de prestigio, para alejarme de mi familia y para empezar una nueva etapa —dije, arrepintiéndome de inmediato por haberme expuesto demasiado.

Pelayo interpretó mi improvisada confidencia como una invitación a pasearme por su infancia, contándome la difícil relación que tuvo con su padre y cómo se marchó, cuando él cumplió dieciocho años, con una chica de *veintipocos* que podría haber sido su propia novia. Y también me explicó cómo su madre estaba tratando de pasar página embarcándose en una gira incesante de viajes por el mundo, a centros energéticos como Machu Picchu o el Tíbet. Al despedirnos, me insistió en que esa conversación había sido la más deliciosa que había tenido en mucho tiempo, y yo, con alguna copa de más, acabé escribiéndole mi celular con lápiz de labios en una servilleta.

Al día siguiente, almorzamos en Quintín, uno de nuestros restaurantes preferidos para el momento *debriefing*.

—Chicas, ¡tenemos mensaje de Pelayo! —anuncié con un pícaro entusiasmo que acalló al instante las tres o cuatro conversaciones cruzadas que solíamos mantener.

—¡Ya léelo! —me ordenó Karla.

—Pónganse cómodas, chicas, ahí voy —dije aclarando la voz con un carraspeo impostado.

Buenos días, Sara. Apenas he dormido. Y el resto de las horas que han transcurrido desde que anoche te vi llegar a casa, con esa blusa negra que realzaba tu mirada, no ha habido un segundo en el que haya dejado de pensar en ti. Esto es muy loco... Nunca me ha pasado nada igual... Mi corazón quiere decirte muchas cosas, pero no las quiero filtrar, quiero que fluyan sin editarlas, así que continúo mi mensaje en audio...

—¿Saben ya qué van a pedir? —interrumpió el camarero.

—¡No! —respondimos a cuatro voces.

—Y, querido, te advierto que no lo vamos a saber en un rato largo —enfatizó Vicky.

Entregada a mi audiencia y disfrutando del insólito nivel de atención que me prestaban, puse mi celular en el centro de la mesa y le di al *play*.

—«*Hay algo en cómo se mueven tus manos, como dejando pasar las palabras entre los dedos. Hay algo en tus ojos que invita a asomarse dentro y viajar contigo hasta todos tus recuerdos. Y volver a vivirlos, para conocerlos todos, para poder amarte entera en cada instante. ¿Cómo has podido arrojar tanta luz en mí en tan poco tiempo? Una luz que me ayuda a conocerme, que me lo explica todo, que responde a mis preguntas imposibles. Anoche, sentada en el banco de piedra junto a mí, le diste sentido a todo. También a cómo funciona el universo... Espero que puedas disculpar mi atrevimiento. Quisiera volver a verte, aunque solo sea para prolongar unos minutos ese instante*».

Nos llevó casi una hora responder al mensaje, revisando el texto y leyéndolo en voz alta, para estar seguras de que mostraba solo una emoción contenida, abriendo la posibilidad a un nuevo encuentro que, por mí, hubiera sido esa misma tarde. Finalmente, triunfó la opción de hacer esperar a Pelayo una semana. Pero no fui capaz de cumplir el plazo y, a los tres días, le dije que se había abierto un espacio en mi agenda y quedé secretamente con él.

~~~~~~~~~

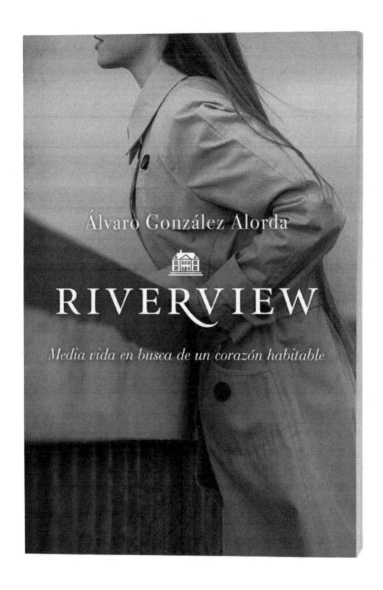

RIVERVIEW
está disponible en Amazon
bit.ly/Riverview2021